AF218275

algar

Reservados todos los derechos.

Cualquier forma de reproducción, distribución, comunicación pública o transformación de esta obra solo puede ser realizada con la autorización de sus titulares, salvo excepción prevista por la ley. Diríjase a CEDRO (Centro Español de Derechos Reprográficos) si necesita fotocopiar o escanear algún fragmento de esta obra (www.conlicencia.com; 917 021 970 / 932 720 447).

Título original de los relatos: *The Fall of the House of Usher,*
The Cask of Amontillado, The Black Cat, The Masque of the Red Death,
The Tell-Tale Heart
© Traducción: Núria Molines Galarza, 2025
© Introducción: Josep Marco Borillo, 2025
© Algar Editorial
  Apartado de correos 225 - 46600 Alzira
  www.algareditorial.com
Diseño de la colección: Carles Barrios
Cubierta: Jorge Collado Perea
Impresión: Romanyà Valls

1.ª edición: octubre, 2025
ISBN: 978-84-9142-841-1
DL: V-2653-2025

MIXTO
Papel | Apoyando la
silvicultura responsable
FSC® C184949

Edgar Allan Poe
Relatos de terror

Traducción de Núria Molines Galarza
(Universitat de València)

Introducción de Josep Marco

INTRODUCCIÓN

1. CONTEXTO HISTÓRICO

Los Estados Unidos de la primera mitad del siglo xix no eran aún la gran potencia mundial en la que se habían de convertir en el xx. Debe tenerse en cuenta que las antiguas colonias británicas habían accedido a la independencia en 1776, es decir, unos treinta años antes del nacimiento de Poe, en 1809. Se trataba, por lo tanto, de un país todavía incipiente y periférico en la escena internacional. En términos políticos, no obstante, contrastaban poderosamente con la Europa del momento, ya que, desde su misma fundación, se habían dotado de una constitución democrática que consagraba valores como la libertad y la igualdad del ser humano, así como el derecho de este a perseguir la felicidad. En cambio, en términos económicos, dependían en gran medida de los vaivenes de las potencias europeas, ya que era Europa el principal mercado para sus productos agrícolas. La configuración de la economía estadounidense cambiaría mucho a lo largo del siglo xix, pero, en vida de Poe, su dependencia de la metrópoli era aún enorme.

Para entender cabalmente buena parte de la historia de los Estados Unidos, conviene mirarla desde la perspectiva de dos ejes geográficos: el este-oeste y el norte-sur. El primero traza la línea de la gran expansión territorial y demográfica que vivió el país a lo largo del siglo xix. El germen de la nación son las trece colonias británicas alineadas a lo largo de la costa atlántica, donde empezaba y terminaba la civilización. Más allá –es decir, al oeste– de esa estrecha franja, no había más que vida salvaje, peligros de todo tipo, el mundo de lo desconocido. La incertidumbre y el miedo en el imaginario de los primeros colonos no solo guardaba relación con la oscuridad de los bosques y la ferocidad de las bestias salvajes, sino también con la natural hostilidad de los pobladores autóctonos de aquellas tierras. La conquista del oeste fue la gran epopeya norteamericana, como sabemos muy bien gracias al cine. La mentalidad colectiva de los estadounidenses del XIX era una mentalidad de frontera, una frontera que se fue desplazando hasta llegar a la costa del Pacífico.

El eje norte-sur era de otra naturaleza, ya que era constitutivo del país. El norte y el sur representaban no solo dos puntos cardinales, sino también dos modos de entender el mundo y la vida social. El norte fue el auténtico valedor de los principios democráticos inherentes a la Constitución y de un capitalismo íntimamente relacionado con la mentalidad puritana de los primeros colonos. Además, fue en el norte donde comenzó a crearse un tejido industrial y donde surgieron los bancos y las instituciones propias del sistema capitalista. El sur, en cambio, tenía una base económica agraria, muy ligada al cultivo del algodón y del tabaco, sobre todo. Estos productos, como ya se ha dicho, se exportaban a Europa, de modo que el comercio derivaba directamente de la actividad agrícola. Además, los valores del sur estaban mucho más cerca del código del honor y de la aristocracia europea anterior a la Revolución francesa que del igualitarismo democrático del norte. Como veremos más adelante, el mismo padre adoptivo de Poe, John Allan, se dedicaba al comercio del tabaco, y su fortuna crecía o menguaba con los vaivenes de esta actividad.

Como es bien sabido, las diferentes concepciones políticas y sociales del norte y del sur desembocaron en la guerra de Secesión (1861-1865), la gran guerra civil estadounidense, de la cual salieron derrotados el sur y una de las instituciones en las que se basaba su forma de vida: la esclavitud. El norte era abolicionista, y su victoria militar significó, entre otras cosas, el fin de la esclavitud en sentido estricto, aunque no de la discriminación racial, que perduró hasta bien entrado el siglo xx. El prejuicio –cruel y a menudo homicida– de la hegemonía blanca y de la inferioridad de la raza negra estaba demasiado arraigado entre las clases dirigentes del sur para desaparecer de la noche a la mañana, ni siquiera como consecuencia de una guerra. En este sentido, conviene subrayar que Edgar Poe era hijo de su tiempo y su país y no solo compartía plenamente este prejuicio, sino que albergaba un odio y un desdén muy vivos hacia las ideas democráticas propugnadas por el norte, como queda bien patente en algunos de sus escritos y en los testimonios conservados de conferencias que pronunció en lugares como Boston o Nueva York.

2. CONTEXTO LITERARIO

En la época de Poe no existía aún una literatura estadounidense plenamente desarrollada, con una tradición y unos referentes propios y unos mecanismos de control bien establecidos. Sencillamente, no había habido tiempo para la consolidación de estos elementos. Desde el punto de vista puramente intelectual de las ideas y las tendencias, pues, la vida literaria de las antiguas colonias gravitaba, en gran medida, en torno a Europa.

En este sentido, conviene recordar que las primeras décadas del siglo xix fueron el momento álgido del Romanticismo, tanto en lo que respecta a los frutos concretos como a su hegemonía intelectual. En el ámbito anglosajón, el momento fundacional de este movimiento fue la publicación de las *Lyrical Ballads* ('Baladas líricas'), de Wordsworth y Coleridge, en 1798. El impacto de su ideario fue enorme, y muy visible en los poetas románticos de la segunda generación, entre quienes destacaron Shelley y Keats. El espíritu romántico era un espíritu de ruptura con sensibilidades y gustos anteriores; así pues, se puede afirmar que impregnó no solo a los escritores de filiación romántica clara y estricta —es decir, a los que son considerados como tales por las historias de la literatura–, sino también a muchos otros posteriores, hasta el punto de que no sería exagerado afirmar que todo el siglo XIX fue, en buena medida, un siglo romántico. El Romanticismo asignó un nuevo papel a la conciencia individual; este nuevo papel hizo –o pretendía hacer– al ser humano más autónomo, más independiente de las fuerzas sociales, que son por definición centrípetas, es decir, aniquiladoras de la diferencia. Por otro lado, la imaginación se convirtió en la facultad central de la persona –sobre todo del artista– al transformarse en un medio de conocimiento, de indagación en la realidad, de búsqueda de lo que subyace a las apariencias materiales. Como los poetas eran los profesionales de la imaginación, no es de extrañar que Shelley los elevara a la categoría de legisladores desconocidos de la humanidad. El poeta, el artista en general, se situaba al margen de la sociedad y la miraba con cierto desprecio, consciente de su superioridad intelectual y de la mayor pureza de su vocación. Como veremos más adelante, todo Poe, tanto su vida como su obra, estuvo impregnado de esa actitud esencialmente romántica.

Sin embargo, y a pesar del carácter incipiente de la literatura estadounidense en tiempos de Poe, ya mencionado, la vida cultural del país iba configurando un espacio propio, un sistema de interrelaciones, con sus jerarquías, sus publicaciones periódicas y sus editoriales. De hecho, a lo largo del siglo XIX surgieron algunas de las figuras capitales de la literatura norteamericana: los clásicos entre los clásicos, por así decirlo. Como no tenemos espacio aquí para dar cumplida cuenta de ello, nos limitaremos a dar algunas pinceladas que permitan situar la figura de Poe en un entorno concreto.

En un círculo geográfico muy reducido, el del pueblo de Concord, en Nueva Inglaterra, se puede ubicar a tres de los escritores importantes de la primera parte del siglo: Emerson, Thoreau y Hawthorne. Emerson basaba su pensamiento, que recibió el nombre de *trascendentalismo*, en una mezcla de Romanticismo europeo y moral puritana que otorgaba gran importancia a la conciencia individual. Los escritos principales de Emerson son de tipo ensayístico. Thoreau es recordado sobre todo por su dramatización, en carne propia, del conflicto entre individuo y sociedad. Su libro más conocido, *Walden*, narra sus experiencias en los bosques cercanos a su pueblo, donde pretendía aislarse del mundanal ruido y vivir en armonía con la naturaleza. De los tres, Hawthorne es, sin duda, el escritor más destacado. Su novela más importante, *La letra escarlata* (1850), ambientada en una comunidad puritana de los primeros tiempos de las colonias, cuenta también el conflicto entre la conciencia individual y las convenciones e imposiciones de una sociedad a menudo hipócrita. Los actores principales de este conflicto son una mujer estigmatizada por adúltera y el pastor de la comunidad, con quien se había cometido el adulterio.

Uno de los déficits de la producción literaria estadounidense del momento fue la novela realista ambientada en su tiempo. En la otra orilla del Atlántico, la literatura en lengua inglesa contaba ya con una fuerte tradición, que se remontaba al siglo XVIII, con autores tan importantes como Defoe, Swift, Fielding o Sterne, y que se prolongó durante el XIX con Jane Austen, por ejemplo; todo esto, claro, antes de la aparición de los grandes nombres de la novela victoriana, como Thackeray, Dickens o George Eliot. En los Estados Unidos de la época de Poe no existía nada comparable, probablemente porque la novela de vocación realista necesita una densidad, un grosor social que el país aún no había alcanzado. El cultivo del relato breve, pues, por parte de los escritores estadounidenses y, singularmente, de Poe pudo obedecer en parte a preferencias estilísticas personales, pero tuvo también, sin duda, causas de tipo social como las que se acaban de mencionar. Esta clase de novela no era posible aún.

Pero no habría que esperar mucho para que lo fuera. En la última década de vida de Poe comenzó a publicar Herman Melville, uno de los primeros grandes novelistas que dieron las letras estadounidenses. La acción de sus novelas se centra, en la mayoría de las ocasiones, en la vida en el mar, ya que Melville había sido marinero unos cuantos años. Sin embargo, por debajo de la trama argumental laten con frecuencia preocupaciones más trascendentes, de índole psicológica o moral. Este es el caso de *Moby Dick* (1851), una novela de gran significación simbólica en la que el odio a muerte que profesa el capitán Ahab a la gran ballena blanca revela una mente obsesiva y un universo con voluntad propia. Por otro lado, al cabo de una quincena de años de la muerte de Poe comenzó a publicar un escritor muy diferente pero igual de esencialmente norteamericano que Melville: Mark Twain. Sus libros reflejan la tradición de la literatura popular de tipo humorístico del oeste. Twain nos muestra, entre otras cosas, la vida que él había conocido de niño en las orillas del Misisipí, y lo hace con una viveza y una inmediatez memorables. Su creación más lograda es Huckleberry Finn, el héroe de la novela homónima (1885).

Este es el contexto en el que se enmarca la obra de Poe. Quizá, si hubiese vivido en una sociedad más densa, habría probado suerte con la novela; si hubiese gozado de mayor reconocimiento, no se habría visto obligado a desempeñar tantos trabajos distintos para ganarse la vida. Tal como transcurrieron las cosas, nos dejó una obra única, centrada en el cultivo del relato corto, tan típicamente norteamericano, y con un tono y una temática singulares, difíciles de encasillar.

3. EDGAR ALLAN POE: VIDA Y OBRA

3.1. Trayectoria vital

Edgar Poe nació en Boston en 1809. Sus padres, David y Eliza, eran gente de teatro y llevaban una vida itinerante. De hecho, Eliza, de origen inglés, había emigrado a los Estados Unidos en 1796 con su madre, que había sido actriz en el Covent Garden de Londres. Podría decirse, pues, que el veneno del teatro corría por las venas de la familia desde hacía al menos dos generaciones. Eliza, que tenía nueve años cuando cruzó el Atlántico, se dedicó a actuar desde una edad muy temprana. A los quince se casó con un actor, que murió prematuramente tres años más tarde. Entonces, en 1806, contrajo nupcias con David Poe, un joven que no triunfó nunca como actor, que mostraba una marcada tendencia al alcoholismo y que gastaba más de lo que ganaba.

Edgar era el segundo de tres hermanos. El mayor era Henry, y la pequeña, Rosalie. Como los Poe llevaban una vida nómada, propia de los profesionales del teatro, se

13

tuvieron que hacer cargo de los niños familiares y conocidos. Para acabar de empeorar las cosas, el padre de familia abandonó a la mujer y a los hijos cuando Edgar tenía apenas dos años. Pero además Eliza, la madre, estaba gravemente enferma de tuberculosis y, en el otoño de 1811, se vio obligada a dejar de actuar y quedó postrada en cama. Murió al cabo de pocas semanas en la ciudad donde había pisado las tablas por última vez, Richmond (Virginia). Poe, aunque no tenía ni tres años cuando falleció su madre, siempre conservó de ella una imagen idealizada, y a menudo se jactaba tanto de su belleza como de la profesión teatral que había ejercido.

Edgar fue adoptado por el matrimonio Allan, una pareja sin hijos de la ciudad de Richmond. John Allan era de origen escocés y se dedicaba al comercio; tenían una posición acomodada y la esposa se compadeció del hijo de la pobre Eliza, a quien había visitado en su lecho de muerte. Como consecuencia de esto, el niño fue educado como un caballero del sur, con todo lo que esto conllevaba: una determinada visión del mundo, rodeada de un aura aristocrática, muy pegada a la tierra, y basada, entre otras cosas, en la esclavitud. Hay que tener en cuenta que Poe vivió antes de la guerra de Secesión. Seguro que, si hubiese vivido para conocerla, habría sentido vivamente la derrota.

En 1815, cuando Edgar tenía seis años, su familia adoptiva cruzó el Atlántico y se instaló en Inglaterra por motivos comerciales. Pasaron cinco años en Londres, donde Edgar empezó a ir al colegio y a recibir la educación propia de la época, en la que el aprendizaje del latín ocupaba un lugar muy importante. No obstante, una caída repentina del precio del tabaco aconsejó regresar a los Estados Unidos, de modo que en 1820 los Allan emprendieron el camino de regreso.

El joven Edgar se convirtió en alumno de la Richmond Academy, donde prosiguió su educación formal. Los testimonios que nos han llegado aseguran que era buen estudiante y que deseaba destacar en las tareas escolares. Comenzó a escribir poesía a una edad muy temprana. En cuanto al carácter, los testimonios son contradictorios, ya que algunos lo presentan como un muchacho sociable, generoso y amante de los deportes al aire libre, mientras que otros lo describen como una persona de carácter voluble, incluso hostil, en ocasiones. Parece que su condición de niño «adoptado» podría haber originado esta vena agresiva en su temperamento. Este aspecto, sumado a cierta actitud indolente, provocó la aparición, cuando Edgar no era más que un adolescente, de los primeros síntomas del desencuentro en el que se acabaría convirtiendo la relación con su padre adoptivo.

En febrero de 1826 Poe ingresó en la Universidad de Virginia, donde obtuvo buenos resultados académicos, pero se aficionó, también, a la bebida y al juego. La propensión al consumo de alcohol fue uno de los rasgos que podría haber heredado de su padre. Sus compañeros lo veían como una persona triste y melancólica que no se reía nunca, y puede que el alcohol le ayudase a vencer el nerviosismo y a salvar las barreras que erigía entre él y sus compañeros. En cuanto al juego, a causa de este hábito contrajo deudas que John Allan se negó a pagar, por lo que, a finales de 1826, se vio obligado a abandonar la universidad. Parece que el padre adoptivo podía ser muy generoso en ocasiones, pero no por norma; a partir de esa época, mientras Allan y Poe mantuvieron sus relaciones, las disputas a propósito del dinero fueron constantes. En 1827, a los dieciocho años, se fue de casa y se enroló en el Ejército.

Cuesta trabajo imaginarse de soldado al autor de relatos de terror y misterio como «El hundimiento de la casa

Usher» o «El gato negro». Sin embargo, parece que Poe se enorgullecía de su capacidad para imponerse el control y la disciplina propios del oficio. Se alistó en el Ejército para cinco años, pero se cansó antes de que expirara ese plazo y buscó la intercesión de John Allan para liberarse de su compromiso. Su padre adoptivo se negó; pero el 1 de marzo de 1829 murió Fanny, su mujer, y John avisó a Edgar demasiado tarde. Cuando este llegó a Richmond, ya habían dado sepultura a Fanny. Edgar se había quedado huérfano por segunda vez. Ahora John sí lo ayudó a tramitar su licencia del Ejército y también accedió a facilitarle las cosas para convertir en realidad su sueño de ingresar en la academia militar de West Point. No obstante, su vida de cadete tampoco fue larga, ya que en ella también mostró la inconstancia que había caracterizado muchas de sus ocupaciones. De nuevo, la bebida; de nuevo, el juego; de nuevo, las deudas. Según algunos testimonios, Poe fue admirado por su talento literario incluso en West Point, pero, por lo que parece, tampoco pasó allí desapercibido su carácter orgulloso, distante, a menudo poco sociable, sensible hasta lo enfermizo. Dejó de cumplir con sus obligaciones de futuro oficial y finalmente lo expulsaron de la academia.

Paralelamente, su relación con John Allan había ido degradándose. Aunque se había suavizado un poco a raíz de la muerte de Fanny, la inconstancia de Edgar y sus reiteradas peticiones de dinero, unidas a la poca predisposición de Allan a proporcionárselo, originaron un nuevo distanciamiento. El padre consideraba que la conducta del hijo era caprichosa e irresponsable. Además, Allan volvió a casarse, lo cual le brindaba la oportunidad de tener hijos legítimos —ya los tenía ilegítimos— y lo liberaba de cualquier tipo de obligación moral hacia un hijo adoptivo que no había estado a la altura de les esperanzas que había depositado su padre en él. Si bien Edgar seguiría pidiendo ayuda económica a Allan de vez en cuando, como testifican las cartas que se han conservado, era esta una relación que pasaba a segundo plano en su vida, al tiempo que ganaba peso la familia por vía paterna.

En efecto, al abandonar West Point, después de pasar fugazmente por Nueva York, Edgar se instaló en Baltimore con su tía, Maria Clemm, y la hija de esta, Virginia. En Baltimore vivía también su abuela paterna, ahora viuda, que se había ocupado de criar a su hermano mayor, Henry, quien murió poco tiempo después de la llegada de Edgar a causa de la propensión al alcohol –uno de los demonios de la familia, como se verá–. La economía familiar era muy precaria, y la incorporación de Edgar, que llegaba sin dinero y sin trabajo, no contribuía a aliviar el peso de la pobreza: más bien al contrario. La pobreza sería otra de las constantes de la vida de Edgar Allan Poe. La muerte de John Allan, en 1834, habría podido modificar sensiblemente sus circunstancias materiales si le hubiese legado al menos una parte de la herencia; pero su padre adoptivo no le dejó nada. Poe debía acostumbrarse a confiar exclusivamente en sus propios recursos.

Cabe decir que, tanto durante sus peripecias militares como en los intervalos, Poe no había renunciado nunca a sus ambiciones literarias. De hecho, había publicado ya dos colecciones de poemas, la segunda de las cuales –*Al Aaraaf, Tamerlane and Minor Poems*, de 1829– recibió alguna crítica favorable. En 1832 se publicó su primer relato breve, «Metzengerstein», en el *Saturday Courier* de Filadelfia, publicación en la que verían la luz otros cuatro cuentos suyos a lo largo del mismo año. Estos, que se inscriben en el género llamado *gótico*, donde predominan los elementos terroríficos y sobrenaturales, tienen como primer objetivo causar sensación en el lector; es decir, son deliberadamente sensacionalistas. De hecho, según Peter Ackroyd, uno de los biógrafos de Poe, en realidad son parodias de lo más característico de este género, que no pretenden emularlo o presentarlo como un modelo, sino complacer los gustos de un público especialmente crédulo e ingenuo. Parece que Poe conservó siempre ese olfato para detectar los gustos del público lector y, a lo largo de su carrera como colaborador y director de revistas literarias, suministró los productos que más se adecuaban a ellos, a menudo con una actitud de desdén y superioridad intelectual.

Dicha carrera empezó en 1835 en el *Southern Literary Messenger*, de Richmond. Poe se trasladó de Baltimore a Richmond –escenario de su infancia– y se encargó de escribir la mayoría de las cosas que se publicaban en esa revista de periodicidad mensual; pero no era feliz y añoraba a su tía, Maria Clemm, y a su prima Virginia. Un buen día regresó a Baltimore y, según parece, se casó en secreto con Virginia, que solo tenía trece años. Este episodio nos revela dos cosas. La primera es que la inconstancia de las épocas universitaria y militar no había desaparecido; más bien al contrario: era uno de los rasgos de su carácter que lo acompañaría para siempre. Si bien el *Messenger* –como otras publicaciones en las que trabajaría más tarde– le daba la oportunidad de tener un salario fijo y superar así la indigencia en la que vivía, Poe no aprovechó esa oportunidad ni otras parecidas. Y la segunda es que la naturaleza tan peculiar de la relación que lo unía a su prima y esposa, Virginia, donde confluían elementos como la diferencia de edad, el hecho de ser primos y la salud precaria de la joven, animará a muchas de las heroínas de sus cuentos de terror, que se mueven en la frontera entre la vida y la muerte y poseen una belleza pálida y enfermiza.

Poe fue readmitido en el *Messenger* y siguió publicando cuentos y reseñas, además de otros materiales. Su crítica literaria era lúcida, pero a menudo también hiriente y mordaz, lo cual le granjeó enemigos desde el principio. Sin embargo, bajo su dirección aumentó la tirada de la revista y las suscripciones no dejaron de crecer; aunque, por otra parte, la inestabilidad del carácter de Poe también iba en aumento, y con frecuencia pasaba días enteros sin trabajar por los efectos del alcohol. En 1837 abandonó Richmond y el *Messenger* y se trasladó, acompañado de Virginia y de Maria Clemm, a Nueva York, donde no permaneció mucho tiempo, ya que enseguida marcharon hacia Filadelfia, perseguidos siempre por la pobreza y la precariedad de sus vidas materiales. Ese mismo año se publicó en formato libro *Las aventuras de Arthur Gordon Pym*, lo cual, sin embargo, no alivió su miseria.

En 1839 entró como subdirector en la revista *Gentleman's Magazine*, donde siguió publicando sus ácidas reseñas y sus relatos. Estos últimos fueron recopilados en dos volúmenes y publicados bajo el título de *Cuentos de lo groteso y lo arabesco*. La recepción de estos volúmenes, que contenían algunos de los cuentos de Poe que, con el paso del tiempo, mayor fama han alcanzado, no fue unánime: junto a reseñas abiertamente hostiles, hubo otras que fueron sensibles al carácter singular de la prosa del autor. Mientras tanto, el propietario de *Gentleman's Magazine* puso la revista en venta, pero quiso la casualidad que el nuevo propietario –que se apresuró a bautizarla como *Graham's Lady's and Gentleman's Magazine*– confiara también en Poe como subdirector.

No obstante, las cosas nunca fueron bien en casa de los Poe. Edgar alternaba períodos de intensa actividad y laboriosidad con recaídas en la antigua tentación del alcohol. El dinero siempre escaseaba, a veces de manera dramática, y los volúmenes de relatos que se habían publicado, a pesar de ser apreciados por algunos críticos, no se vendían bien. Como consecuencia de todo esto, en 1844 la familia volvió a cambiar de domicilio, esta vez para establecerse en Nueva York. Virginia ya estaba enferma de tuberculosis, y Edgar encontró un empleo muy modesto en el *Evening Mirror* por intercesión de su suegra, que había ido personalmente a solicitárselo al director de la publicación. Un testimonio de la época describe a Poe como una persona dedicada y cumplidora en el trabajo, a pesar de las muchas penalidades que soportaba: la enfermedad de la esposa, la precariedad económica, la falta de reconocimiento... Su estoicismo, sin embargo, no era alegre, ya que este mismo testimonio describió a Poe como «un hombre que no sonreía jamás».

Dicho esto, Poe conoció el éxito, si bien de manera fugaz, con su poema «El cuervo», que se publicó en 1845 en el *Evening Mirror*. Durante un tiempo frecuentó los salones de la sociedad y fue admirado sobre todo por las mujeres, que se daban cuenta inmediatamente de su necesidad de afecto y admiración. En el punto álgido de su fama abandonó el periódico en el que trabajaba y se enroló en el *Broadway Journal*. Daba conferencias y se mostraba beligerante –como siempre– con buena parte de sus colegas escritores; pero, quizá por la excitación que conllevaba su reciente notoriedad, volvió a sucumbir a la tentación de la bebida. El espíritu de la perversidad, que él mismo había definido en «El gato negro» como la capacidad que tenemos los humanos de hacer aquello que la razón nos dice que no debemos hacer, nunca se alejaba mucho de él.

Los Poe se trasladaron a una casita de campo en las afueras de la ciudad, pero su pobreza llamaba tanto la atención que al final indujo a un diario a lanzar una campaña para recaudar fondos con los que mitigar las penalidades de la familia. Virginia estaba más débil cada día y murió en esa casita a principios de 1847, acompañada de la familia y de algunos conocidos que se habían desplazado allí. El dolor de Poe por la muerte de Virginia era tan insoportable que pasó algunas semanas en un estado de alienación o locura, como él mismo lo describiría después. Lo cuidaron Maria Clemm y otra mujer, la señora Shew.

La necesidad de afecto y estima que, de manera casi enfermiza, mostró Poe a lo largo de toda su vida lo llevó a cortejar a dos mujeres al mismo tiempo sin establecer una relación duradera con ninguna de ellas. Una era Annie Richmond, que estaba casada y cuyo marido conocía la amistad entre ambos. Por lo tanto, debía de tratarse de una relación puramente espiritual. La otra era Helen Whitman, con quien parece que Poe estuvo a punto de casarse. Sin embargo, su conducta era tan poco fiable –la condición para que el matrimonio se materializara era que Edgar no probara el alcohol– que al final la familia de Helen intervino para alejarlo de ella. No solo no mantuvo la promesa de no beber, sino que, además, la correspondencia que se ha conservado da fe de que escribía apasionadas cartas de amor a Annie y a Helen al mismo tiempo, en las cuales no siempre trataba con el debido respeto la memoria de su difunta esposa.

Poe no perdió nunca la ilusión de dirigir su propia revista literaria. De hecho, en junio de 1849 emprendió un viaje de Nueva York a Richmond con el objeto de dar allí unas conferencias y reclutar suscriptores para su publicación, que debía llamarse *Stylus*. Pero se detuvo en Filadelfia y de nuevo cayó víctima del diablo del alcohol. Parece que hasta llegó a sufrir algún episodio de *delirium tremens*. Además, le robaron el texto de dos de las conferencias que iba a pronunciar. Al llegar a Richmond, no solo dio las conferencias, sino que hizo proposiciones de matrimonio a Elmira Shelton, una conocida de su juventud, ahora viuda –y rica–. Aunque no se conocen todos los detalles del asunto, parece probable que los hijos de la señora intervinieran para frustrar el matrimonio.

A finales de septiembre de 1849 Poe dejó Richmond y se embarcó en dirección a Nueva York. Se detuvo en Baltimore y es posible que fuera a Filadelfia en tren y que volviera de nuevo a Baltimore. La cuestión es que el 3 de octubre de 1849 lo encontraron en Baltimore, ebrio y vestido con ropa que no era suya. Joseph Evans Snodgrass, exdirector de una publicación con la que había colaborado, lo reconoció en una taberna y, aconsejado por unos parientes del escritor –que, por cierto, se negaron a hacerse cargo de él–, lo envió a un hospital de la ciudad, donde ingresó en estado de delirio y murió el 7 de octubre de 1849.

3.2. Trayectoria literaria

Como se acaba de ver, Poe dedicó gran parte de sus esfuerzos al periodismo literario. Probablemente, si hubiese vivido en una sociedad más desarrollada desde el punto de vista literario, o si los frutos de su imaginación hubiesen gozado del reconocimiento que no tuvieron, el escritor habría podido centrar su actividad en los géneros que más lo atraían, que eran –por este orden– la poesía y el relato. Pero había que ganarse la vida y, para ello, el director o subdirector de publicaciones como las que hemos mencionado en los párrafos anteriores debía llenar páginas, como primer requisito. Poe ejerció la crítica literaria, con la que se granjeó muchos enemigos, y aprovechó el escaparate que le ofrecían las revistas y periódicos para publicar sus relatos, entre otros textos.

Pero Edgar Allan Poe se consideraba, por encima de todo, poeta. De hecho, los primeros libros surgidos de su pluma que vieron la luz fueron *Tamerlane and Other Poems* (1827) y *Al Aaraaf, Tamerlane and Minor Poems* (1829). Sin embargo, el eco que obtuvieron estos poemarios fue más bien escaso, y, una vez superadas sus veleidades militares, Poe se dedicó mucho más a la prosa que al verso. Ahora bien, dicho esto, no deja de ser paradójico que la composición que le dio fama y notoriedad, como ya hemos visto más arriba, fuera el poema «El Cuervo», del cual daba recitales públicos que a menudo causaban gran impacto. Peter Ackroyd (2009: 38) afirma, en relación con la segunda colección citada en este párrafo, que los poemas son tan deudores de Milton como de los románticos, y que ponen de manifiesto, una vez más, el dominio de la forma y la cadencia que poseía Poe. Asimismo, destaca como rasgos característicos la intensidad combinada con la vaguedad y un lirismo que tiende a lo morboso.

Sobre el valor de la poesía de Poe, la posteridad, sobre todo en el ámbito anglosajón, se ha mostrado dividida, ya que, junto a algunos que lo han comparado con los grandes románticos ingleses (principalmente con Shelley), otros le han concedido poca importancia. Ahora bien, la importancia no se le puede negar, al menos en un sentido histórico, ya que influyó, desde su misma raíz, en el movimiento simbolista francés. De hecho, Poe gozó de reconocimiento en Europa antes que en los Estados Unidos. Mallarmé tradujo su poesía mediante la forma del poema en prosa, probablemente porque le costaba mucho recrear la musicalidad de los poemas originales; y las ideas sobre la poesía que había expresado Poe en ensayos como «Filosofía de la composición» fueron para estos poetas (Baudelaire, Mallarmé, Verlaine o Rimbaud) una suerte de revelación.

En este estatus que le asignaron, no debía de tener poco peso el hecho de encajar perfectamente en el prototipo de *poeta maldito*, es decir, ignorado por sus contemporáneos, situado voluntariamente al margen de la sociedad y enfrentado sin remedio a los valores dominantes de esta.

Con independencia de la opinión que merezca la poesía de Poe, es innegable que el autor ha pasado a la posteridad sobre todo por sus relatos, que, como ya hemos visto, se publicaban en primer lugar sueltos en revistas literarias y luego se reunían en forma de colecciones, la más relevante de las cuales es probablemente *Cuentos de lo groteso y lo arabesco* (1839). Poe fue un cuentista prolífico, tanto por la cantidad de relatos que escribió como por su variedad, que quizá no sea demasiado conocida, ya que se ha tendido a identificarlo de manera prototípica con el cuento de terror. A continuación se presenta una clasificación que sigue las líneas marcadas por Joan Solé, traductor al catalán de todos los cuentos de Poe. Solé (2002: 45 y siguientes) propone estas categorías:

a) Los cuentos fantásticos y sobrenaturales, donde todo es «misterio, realidad esencial, estremecimiento espiritual». En ellos se mezclan las consideraciones metafísicas con los aspectos truculentos. Sería un buen ejemplo de esta clase «El hundimiento de la casa Usher».

b) Los cuentos de conciencia, donde encontramos personajes «que han cometido un crimen y sufren el castigo de los remordimientos o del encarcelamiento», como ocurre, por ejemplo, en «El gato negro».

c) Los cuentos analíticos, donde un personaje especialmente agudo y lúcido resuelve un misterio o un crimen siguiendo métodos basados en el raciocinio y el análisis. Estos relatos fundan el género detectivesco o policíaco, que tantos ilustres seguidores ha tenido. «Los crímenes de la calle Morgue» pertenece a esta clase.

d) Los cuentos de viaje físico, por así decirlo, donde «se describen itinerarios marítimos en los que se pasa de la bonanza y la calma a remolinos y vórtices aniquiladores». Un ejemplo sería «Un descenso al Maelström».

e) Los cuentos de viaje psicológico, que usan el mesmerismo y el hipnotismo para acceder a dimensiones espirituales. Por ejemplo, «La verdad sobre el caso de M. Valdemar».

f) Los cuentos metafísicos, que nos hablan de «aquella dimensión espiritual libre de los grilletes de la conciencia donde ya es posible la serenidad y el sosiego». Por ejemplo, su obra *Eureka*, un poco inclasificable, pero que se podría entender como la culminación de la obra de Poe.

Ya se ha dicho con anterioridad que la obra de Poe fue admirada antes en Europa que en los Estados Unidos. Hemos visto también que los primeros en reivindicarla fueron los simbolistas franceses. Baudelaire tradujo al francés un conjunto de cuentos de manera muy ajustada al original, con la intención de preservar el ritmo de la prosa. Pero la influencia de Poe no se limita, ni mucho menos, al ámbito francés, ya que han reconocido su huella autores como Stevenson, Conan Doyle, Conrad o Thomas Mann. En el ámbito hispánico, le han rendido homenaje Borges y, sobre todo, Cortázar, autor de una traducción muy relevante.

4. LOS RELATOS

Los relatos incluidos en este volumen figuran entre los más representativos de la obra narrativa de Poe. Son, por orden de aparición, «La mascarada de la Muerte Roja», «El corazón delator», «El tonel de amontillado», «El gato negro» y «El hundimiento de la casa Usher». Dado que no es posible entrar en los detalles de cada uno de los cuentos, en los apartados que siguen se intentará subrayar sus aspectos comunes y lo más destacado de cada uno.

4.1. El decorado de la acción

Poe es, sin duda, un gran creador de atmósferas. De hecho, el efecto que el autor quiere provocar en el lector, que normalmente será de terror y ansiedad, depende en gran medida del ambiente en el que tenga lugar la acción. Por lo tanto, estas atmósferas no son meros decorados neutrales, vacíos de significado, sino que están inextricablemente unidas a la trama y los personajes. Esto puede verse en la mayoría de los relatos –si no en todos–, pero el mejor ejemplo lo constituye quizá «El hundimiento de la casa Usher». En el relato se nos dice que el protagonista, Roderick Usher, cree en la sensibilidad de lo inorgánico, como las piedras de su casa, y tanto el protagonista como su amigo, el narrador de la historia, perciben que la casa está rodeada de una atmósfera propia. De hecho, el estado de descomposición de la casa y del terreno que la circunda no hace sino reflejar la descomposición mental de sus moradores, afectados por enfermedades hereditarias.

Ya se ha dicho anteriormente que la obra narrativa de Poe bebe de la tradición del relato gótico europeo, por lo que muestra bastantes de sus ingredientes habituales. Así, muchos de los ambientes en los que transcurre la acción están aislados del mundo –pensemos, de nuevo, en la casa de Usher, o en la abadía donde se recluyen el príncipe Próspero y sus amigos en «La mascarada de la Muerte Roja»–. Otros presentan como característica principal su carácter cerrado, claustrofóbico, donde reina la oscuridad o, como mucho, la luz artificial: las siete cámaras de «La mascarada de la Muerte Roja», las catacumbas de los Montresor en «El tonel de amontillado», la cripta de la casa de Usher... Y a menudo hacen acto de presencia las tormentas como elementos amenazadores del ambiente.

4.2. LA TRAMA

Las tramas de las cinco historias comprendidas en este volumen tienen algún rasgo en común, como la presencia de la muerte y la exploración de estados mentales extremos de miedo y ansiedad. Ahora bien, dentro de los elementos comunes, se podrían distinguir dos grupos, que, como se verá más adelante, guardan relación con el núcleo temático de los relatos. Un grupo incluiría «La mascarada de la Muerte Roja» y «El hundimiento de la casa Usher», donde la aparición de la muerte en circunstancias inusuales es la culminación del relato; dentro del otro grupo figurarían «El corazón delator», «El tonel de amontillado» y «El gato negro», donde se produce un asesinato, que en unos casos es premeditado y en otros no. Dentro de este segundo grupo, las tramas de los relatos primero y tercero muestran paralelismos evidentes; en «El tonel de amontillado», en cambio, todo se centra en la consecución de la venganza perfecta.

4.3. LOS PERSONAJES

También podemos identificar diferencias y matices individuales en los personajes de cada historia sobre el fondo de algunos rasgos compartidos, el más importante de los cuales es el carácter de figura marginal y solitaria que tienen los

27

protagonistas. Cuando no están solos físicamente, los aparta del grueso de la sociedad alguna anomalía del carácter. Son *outsiders*, distanciados de las convenciones sociales, que entroncan claramente tanto con la tradición romántica como con las obras del género gótico o de terror.

En «La mascarada de la Muerte Roja», lo que distingue al príncipe Próspero del resto de sus acompañantes es su gusto extravagante, que se manifiesta en la disposición de las cámaras donde se celebran las fiestas de disfraces, en la decoración de estas cámaras y en los disfraces mismos. La decisión de encerrarse en una abadía fortificada para protegerse de la Muerte Roja –enfermedad inventada por Poe, pero modelada sobre la base de la «muerte negra», o peste negra, que asoló Europa en distintos períodos de la Edad Media– puede ser tildada por el lector de cruel, despiadada e irresponsable, ya que el príncipe abandona a sus súbditos a su suerte; pero la dimensión moral de esta decisión del príncipe no forma parte del núcleo de la historia, o al menos es eclipsada por las preocupaciones estéticas. A no ser, claro, que se considere que el desenlace es un castigo por la conducta cruel de Próspero y sus acompañantes. La situación que enmarca este relato de Poe recuerda a la del *Decamerón* de Boccaccio, si bien los personajes de este texto medieval se entretenían de un modo más discreto.

El personaje central –y narrador– de «El corazón delator» está dominado por lo que Poe denominaba el «espíritu de la perversidad», al que ya nos hemos referido anteriormente. El autor reconocía este espíritu en algunas de sus propias acciones y lo definía como la propensión del alma a hacerse daño a sí misma, es decir, a seguir conductas crueles y antinaturales que no solo perjudican a otras personas –con motivos o sin ellos–, sino que acaban atormentando a quien las desencadena. Este tipo de comportamiento no obedece a la razón, a la consideración serena de los asuntos a la luz del día, sino que procede de los oscuros abismos del alma. La manifestación del espíritu de la perversidad en este relato se manifiesta en el hecho de que el asesinato cometido por el protagonista no se debe a razones objetivas, sino más bien a un capricho subjetivo: el efecto que le produce *el ojo* del anciano.

En «El tonel de amontillado», la pasión que mueve al protagonista y narrador es la sed de venganza. En este caso no se trata de explorar las consecuencias psicológicas del asesinato, sino de mostrar la frialdad y la crueldad extremas con que Montresor ejecuta su venganza. Además, el hecho de que no se especifiquen los agravios que originan el deseo de represalia por parte de Montresor confirma la voluntad del autor de centrarse en este relato en el desarrollo de la venganza perfecta, que es, como se nos informa al principio de la historia, aquella que no tiene efectos secundarios sobre quien la perpetra y se muestra como tal a la víctima.

El protagonista y narrador de «El gato negro» también es presa del espíritu de la perversidad, y lo es de manera múltiple, ya que este espíritu se proyecta sobre varias víctimas, entre las que figura un gato –o dos, según cómo se mire– y una persona. De nuevo, el rasgo distintivo de la perversidad es la falta de razones objetivas para comportarse de manera violenta con otra criatura, o, al menos, la desproporción entre las posibles razones y la violencia de la reacción. Un factor que contribuye a aumentar la perversidad de las acciones del protagonista es el alcohol –el «demonio Etílico», por decirlo en términos de Poe–, presente en otros personajes del autor y con raíces biográficas.

Finalmente, en «El hundimiento de la casa Usher» se da un contraste interesante entre el narrador, que en cierto modo representa el mundo exterior, la existencia más o menos convencional según las reglas sociales, y Roderick Usher, que vive recluido en la mansión familiar en compañía de su hermana enferma. Como ninguno de los dos tiene ni tendrá descendencia, desde el principio mismo se intuye el fin de su linaje. El rasgo distintivo de Usher es una extrema agudeza de los sentidos, que hace que solo le resulten soportables unos pocos sonidos, unos pocos alimentos, unos pocos aromas, etc. Esta disposición enfermiza es de carácter hereditario. La hermana, a su vez, padece una enfermedad vagamente definida como de origen cataléptico, que está claramente relacionada con el desenlace del cuento. La combinación de estos factores –la extraordinaria sensibilidad y la convivencia con la hermana enferma– explican al menos en parte el miedo y la ansiedad extremos en que vive Roderick Usher, y el relato se centra en la evolución y culminación de su terror.

4.4. El núcleo temático

En los apartados anteriores, al hacerse referencia a aspectos de los relatos como la atmósfera en la que se desarrolla la acción, la trama y los personajes, inevitablemente se han mencionado ya algunas de las preocupaciones temáticas centrales. En este apartado estableceremos la relación entre los relatos incluidos en este volumen y la clasificación por grandes temas que hace Joan Solé de los cuentos de Poe, que se ha reproducido en la sección 3.2. En cualquier caso, conviene tener en cuenta que esta adscripción es aproximada, ya que a menudo los relatos muestran ingredientes de más de una clase.

«La mascarada de la Muerte Roja» y «El hundimiento de la casa Usher» pertenecen básicamente al primer grupo, el de los cuentos fantásticos y sobrenaturales. En ellos, el terror aparece en estado puro, ya que deriva de acontecimientos del todo inusuales. Tanto el desenlace de la reclusión en la abadía fortificada del príncipe Próspero y sus amigos como el hundimiento de la casa Usher –*casa* en los dos sentidos, de 'edificio' y 'familia'– contienen elementos fantásticos y sobrenaturales.

Por otro lado, «El corazón delator», «El tonel de amontillado» y «El gato negro» se inscribirían en el segundo grupo, el de los cuentos llamados *de conciencia*, ya que el interés temático principal de estos –sobre todo del primero y del tercero, como ya se ha advertido más arriba– recae sobre los efectos psicológicos de un asesinato fruto de la perversidad. La ansiedad, la aprensión y el terror que sienten los protagonistas justo antes de ser detenidos hacen que sus estados mentales sean descritos a menudo como una forma de locura, o como algo que podría confundirse con la locura. Al mismo tiempo, hay que decir que «El gato negro», a pesar de pertenecer de modo bastante claro a este grupo de relatos, tiene algunos ingredientes que lo acercan al de los fantásticos y sobrenaturales, como la posibilidad de que el segundo gato que aparece en el cuento sea una reencarnación del primero, o la mancha blanca en forma de patíbulo que luce el gato en el pecho. Como dice al principio el narrador y protagonista, la sucesión de hechos que se narran puede ser vista como una historia sobrenatural o como una cadena lógica de causas y efectos; pero, en cualquiera de los dos casos, a él no le han reportado más que terror. Es importante subrayarlo porque el terror es –tanto en este relato como en los demás– el efecto global que el autor pretende conseguir, aunque en cada caso lo haga con medios y en circunstancias diferentes.

4.5. El género del cuento o relato breve

La adscripción genérica de las narraciones de Poe es uno de los aspectos que mayor atención merecen tanto desde el punto de vista de la historia literaria como de la técnica narrativa. Desde la perspectiva histórica, conviene subrayar que Poe, aunque no fue el inventor del género del relato breve o cuento, sí contribuyó mucho a dignificarlo, dotándolo de una categoría artística comparable a la del resto de los géneros narrativos. Poe se tomaba en serio su faceta de escritor de cuentos y dedicó esfuerzos importantes a convertirlos en objetos de expresión artística. La tradición del cuento literario, que hoy conoce manifestaciones por doquier, fue seguida desde el principio sobre todo por sus compatriotas estadounidenses, ya que fue precisamente en su país donde arraigó en primer lugar. Ya lo practicó Hawthorne, como también lo hicieron Mark Twain y Henry James, entre muchos otros.

El formato del cuento impone al escritor una serie de restricciones que no se dan en la novela. La novela, que no tiene limitaciones de espacio, puede recrearse tanto como lo desee en la construcción de los personajes y del decorado de la acción, y la trama puede tener diversas ramificaciones que completen y enriquezcan la línea argumental principal. En el cuento, en cambio, este nivel de complejidad es imposible, y lo que se valora y se prioriza es la economía, la compresión. El decorado de la acción debe quedar solo esbozado; los personajes son dibujados a grandes trazos, sin muchos matices; y la trama argumental normalmente será simple, sin ramificaciones.

Los cuentos de Poe son un ejemplo elocuente de cómo se puede crear un objeto artístico de tipo literario a partir de estas restricciones, ya que la economía expresiva parece más una virtud que el resultado de una limitación: la virtud de reducirlo todo a lo esencial sin que sobre nada. Sin embargo, Poe formulaba un requisito más para el relato corto: el de la unidad de efecto. Todo en la narración debe tender a la creación de este efecto, que solo se producirá al final. Es por esto por lo que la extensión del cuento debe permitir que pueda leerse de una sola vez, sin interrupciones. Así, por acumulación, los distintos aspectos del relato acaban convergiendo en el efecto final que se persigue, y el efecto será intenso, ya que el lector, gracias a la lectura ininterrumpida, lo tiene todo muy presente y fresco en la memoria.

4.6. Organización del relato

4.6.1. *Estructura*

Los relatos cortos de Poe, por su brevedad, normalmente no muestran ningún tipo de estructura externa, es decir, de división en capítulos y secciones: se leen sin interrupciones. Ahora bien, sí tienen una estructura interna que se subordina al efecto final que se pretende crear. Dado que todo debe confluir en este efecto, como ya se ha dicho, el patrón que sigue la mayoría de las narraciones –ciertamente, todas las incluidas en este volumen– es el del *crescendo*, la construcción gradual de la tensión.

Sin embargo, el punto de partida puede variar. El grado de tensión emocional inicial es más bien bajo en «La mascarada de la Muerte Roja», ya que al principio nos enteramos de lo virulento de la enfermedad, pero inmediatamente después se nos informa de la intención del príncipe de recluirse en la abadía y, mientras no empieza la fiesta de disfraces y se van alternando los períodos de diversión con los de reflexión y melancolía provocados por las campanadas del reloj, el tono emocional es más bien neutro, ya que el narrador se detiene en la descripción detallada de las cámaras de la fiesta. El clímax final, a pesar de haber sido sabiamente preparado, nos sorprende por su contundencia. La sucesión de momentos distendidos y tensos es un claro exponente del control absoluto que ejerce Poe sobre el ritmo de la narración, y este dominio del ritmo es, sin duda, una de las claves de su maestría y de su influencia en otros autores de relatos cortos.

En cambio, en otros relatos el tono emocional de partida ya es alto. Por ejemplo, en «El hundimiento de la casa Usher», la desolación que se apodera del narrador a medida que se acerca a la mansión de su amigo es claramente premonitoria del tenor de los acontecimientos que están a punto de suceder. Esta narración, además, al ser un poco más larga que el resto, deja más margen para el detalle, que, no obstante, no es nunca superfluo. Por ejemplo, en los momentos en los que Usher y el narrador comparten aficiones artísticas y literarias, se nos da una lista relativamente larga de los libros que leía Usher, algo que no es en absoluto sobrero porque el desenlace de la historia se produce en paralelo a la lectura de un libro.

«El corazón delator» y «El gato negro» –que, como ya se ha dicho, muestran más de un paralelismo– se centran de entrada en las consecuencias que ha tenido un asesinato sobre las vidas de los personajes y acaban con efectos también semejantes; además, ambos cuentos incluyen visitas de la policía a los domicilios de los asesinos. En cambio, «El tonel de amontillado» muestra un tono emocional frío, plenamente coherente con el cálculo y la deliberación con que Montresor ejecuta su venganza. El protagonista y narrador anuncia desde el principio mismo su intención de vengarse de Fortunato, así como la manera en que piensa hacerlo; así pues, el clímax es menos impactante que el de otros relatos. Ahora bien, el avance por las bodegas de los Montresor así como las reiteradas súplicas por parte de Montresor de dejar para otro momento la cata del amontillado son también un ejemplo notorio de control del ritmo narrativo.

4.6.2. *Punto de vista*

Los cuentos que conforman este libro están narrados desde diferentes puntos de vista. «El corazón delator», «El tonel de amontillado» y «El gato negro» tienen por narrador al protagonista de la historia, con la subjetividad que ello comporta. Ahora bien, la implicación emocional y afectiva no es la misma en los tres casos, ya que en el primero y en el tercero de los mencionados el narrador y protagonista es víctima de remordimientos y sensaciones de terror por el asesinato cometido y sus consecuencias –por lo que la implicación afectiva es alta–, mientras que en el segundo el tono es de distanciamiento, como ya se ha dicho.

«El hundimiento de la casa Usher» es también una narración en primera persona, pero el narrador no es el personaje principal de la obra. Aunque la parte de ansiedad y terror que le corresponde no es menospreciable, el destino que está en juego no es el suyo, de modo que su papel es principalmente el de testigo del fin de un linaje y de los acontecimientos que han conducido a dicho fin. La agudeza patológica de los sentidos y las terribles premoniciones de Usher antes del desenlace no son contadas por el propio Usher, sino por su amigo.

Finalmente, «La mascarada de la Muerte Roja» es el único de los cinco relatos que no se narra en primera persona. Aquí, el narrador es impersonal y externo a la historia: es un narrador de los llamados *omniscientes*, porque su relación con los personajes es un reflejo de la de Dios con sus criaturas, pues tiene acceso a sus pensamientos y actitudes. En términos estrictamente realistas, la historia de la Muerte Roja debe ser contada por alguien que no estuviese presente en la abadía, y probablemente es eso lo que justifica la elección de un narrador en tercera persona.

4.7. Estilo

Los cuentos de Poe a menudo dan la impresión de ser un poco retóricos para el gusto contemporáneo, en el sentido de utilizar un lenguaje muy «literario» y elaborado, es decir, relativamente alejado de la lengua hablada y hasta de muchos registros de la lengua escrita. Este carácter retórico no es tan visible en una traducción como en el original, pero no por ello deja de percibirse. Sin embargo, esto no debe considerarse algo negativo: cada época tiene sus convenciones y gustos literarios. Nuestra época rehúye en general el exceso de artificio y busca una mayor naturalidad en la expresión, pero no ha sido siempre así y hay que aprender a valorar las obras literarias en el contexto en el que fueron creadas.

Las razones de esta impresión de retoricidad hay que buscarlas en la selección del léxico y en la complejidad de la sintaxis. Por lo que respecta a la primera, con frecuencia llama la atención la naturaleza formal y culta de las palabras y expresiones usadas. Probablemente, esto guarda relación con el carácter de buena parte de la realidad que se nos presenta en los cuentos de Poe, que es más bien abstracta por centrarse en el universo psicológico de los personajes, un mundo presidido por el miedo, la ansiedad, la sensibilidad extrema, incluso la locura. El léxico de tipo abstracto tiende a ser menos coloquial que el no abstracto, ya que está más alejado de la experiencia cotidiana.

Por otro lado, la complejidad gramatical es un rasgo que también podría estar relacionado con lo que se narra. Si la realidad que se presenta es de tipo psicológico, y, por tanto, tiene un carácter relativamente complejo, es lógico que se transmita mediante una sintaxis también compleja. Sin embargo, no siempre lo es. A veces encontramos una sucesión de oraciones simples, que imprimen al texto una sensación de mayor vivacidad. Otras veces se produce una alternancia entre oraciones largas y breves, que crea un efecto de contraste, de cambio de ritmo. El ritmo de la prosa es un aspecto muy importante del estilo de las obras literarias, y por medio de su manipulación se pueden generar efectos locales muy interesantes y sugerentes para el lector.

Otro aspecto del estilo de Poe digno de subrayarse es el uso de repeticiones y paralelismos. Este recurso está al servicio de la intensidad emocional; es decir, sirve para expresar la fuerza de las sensaciones y sentimientos que afectan a los personajes. De nuevo encontramos una correspondencia entre el contenido de los relatos y el estilo empleado para describirlas: en un mundo en el que ocurren cosas inusuales y los personajes reaccionan con vehemencia, el narrador lo expresa mediante repeticiones enfáticas. En muchas ocasiones, lo que se repite no es una misma palabra o secuencia de palabras, sino palabras o expresiones más o menos sinónimas que giran en torno a la misma idea.

En la misma línea de correspondencia entre lo que se expresa –las emociones de los personajes– y cómo se expresa, encontramos con cierta frecuencia otro recurso: la inversión del orden habitual de las palabras dentro de la oración. Si este orden –en inglés– es sujeto + verbo + complementos, a menudo se ponen los complementos en posición inicial, con el fin de que la alteración de las expectativas del lector en relación con este aspecto refleje el estado de desorden mental o de angustia en el que está sumido el personaje. Esto sucede, por ejemplo, al principio de «El gato negro», donde el protagonista y narrador, después de haber pasado por una serie de experiencias dolorosas, está a punto de morir ejecutado. En otras ocasiones, lo que señala el sufrimiento de un personaje es la fragmentariedad de su discurso, es decir, el hecho de que las oraciones queden inconclusas o se vean interrumpidas, o el uso de exclamaciones.

En cualquier caso, conviene recordar que el estilo de los cuentos de Poe no es nunca arbitrario, sino que está íntimamente relacionado con aspectos importantes del contenido de las narraciones: el estado mental de los personajes, las características de lo que se describe, etc.

5. CONCLUSIÓN

Los cinco cuentos recopilados en este volumen figuran entre los más conocidos de Poe y son muy representativos tanto de las obsesiones del autor como de su manera de escribir. Las atmósferas tétricas y misteriosas, a menudo claustrofóbicas, no son más que un reflejo externo, un índice, de los estados mentales anómalos en los que viven unos personajes dominados por la perversidad, el terror o la sed de venganza, estados mentales que en muchas ocasiones rozan la locura. Pero ¿tan anómalos son estos estados mentales? Quizá una de las lecciones que se pueden extraer de los relatos de Poe sea que dicha anomalía es principalmente de grado, ya que radica en la intensidad con que los personajes viven sus obsesiones. Si hacemos un poco de autoanálisis, quizá descubramos que la mayoría de nosotros hemos sentido alguna vez –ya sea despiertos o soñando– alguno de estos impulsos de perversidad o terror que acechan en las zonas más oscuras de la mente humana. Que no los sintamos con tanta frecuencia o intensidad como los personajes de Poe no debería hacernos pensar que ellos son unos enfermos y que la cosa no va con nosotros.

OBRAS CITADAS

ACKROYD, Peter (2009): *Poe. A Life Cut Short.* Londres: Vintage.

SOLÉ, Joan (2002): «Presentació» de *Tots els contes de Poe.* Barcelona: Columna, pp. 11-54.

RELATOS DE TERROR

La mascarada de la Muerte Roja

La «Muerte Roja» llevaba tiempo causando estragos en el país. Ninguna peste había sido tan mortífera o tan terrible. La sangre era su personificación y su sello: el rojo y el horror de la sangre. Se manifestaba con dolores punzantes, luego con un repentino mareo y, a continuación, con un profuso sangrado por los poros de la piel; terminaba en la muerte. Las manchas carmesí en el cuerpo y, especialmente, en el rostro de la víctima eran la marca de la peste que hacía que nadie quisiera ayudar o compadecer al desdichado. Del contagio al final de la enfermedad transcurría media hora.

Pero el príncipe Próspero era alegre e intrépido y sagaz. Cuando sus dominios se vieron diezmados, convocó a un millar de amigos sanos y dichosos de entre los caballeros y damas de su corte, y, con ellos, se encerró a cal y canto en una de sus abadías almenadas, que quedaba retirada. La estructura era vasta y portentosa, materialización del gusto de príncipe, excéntrico pero augusto. La ceñía un muro fuerte y alto. El muro tenía portones de hierro. Los cortesanos, una vez dentro, con braseros y martillos gigantes, soldaron las cerraduras. Decidieron no dar margen ni para la entrada ni para la salida ante los posibles impulsos desesperados o de frenesí del interior. En la abadía no faltaba de nada. Con esas precauciones, los cortesanos intentarían desafiar la peste. El mundo exterior ya podía apañárselas por su cuenta. Entretanto, era absurdo apenarse o pensar más de la cuenta. El príncipe había proporcionado toda clase de placeres. Había bufones, había *improvisatori*, había bailarinas y bailarines de *ballet*, había músicos, había belleza y había vino. Dentro, todo eso y seguridad. Fuera, la «Muerte Roja».

Hacia el final del quinto o sexto mes de reclusión, mientras la peste, furibunda, asolaba el exterior, el príncipe Próspero agasajó a sus mil amigos con un baile de máscaras de una magnificencia sumamente inusual.

La mascarada formó una voluptuosa estampa. Pero, en primer lugar, permitidme que os hable de las estancias en las que se celebró. Fue en siete dependencias que conformaban una *suite* imperial. En muchos palacios, esas *suites* conforman un único y diáfano espacio, ya que las puertas correderas se esconden casi por completo en los muros que quedan a cada lado para que la vista de todo el conjunto quede despejada casi al completo. Pero aquel caso era muy diferente, como bien cabe esperar, por el amor del príncipe a la extravagancia. Las dependencias tenían una disposición tan irregular que casi no podían apreciarse en conjunto. Cada veinte o treinta metros había un giro pronunciado y, con cada giro, un efecto novedoso. A izquierda y derecha, en mitad de cada pared, una alargada y estrecha ventana gótica daba a un pasillo cerrado que seguía los meandros de la *suite*. Cada ventana tenía vidrieras cuyo color variaba siguiendo el tono predominante de las decoraciones de la habitación a la que daba. La del extremo oriental estaba cubierta, por ejemplo, de azul, así que de un azul intenso eran sus vidrieras. La segunda estancia tenía ornamentos y tapices púrpura, por lo que allí las hojas de la vidriera eran también púrpuras. La tercera era toda verde, así que lo mismo sucedía con los ventanales. La cuarta estaba amueblada e iluminada en tonos naranjas; la quinta, blanca; la sexta, violeta. La séptima estaba toda cubierta de tapices de terciopelo negro, que iban de techo a suelo y caían formando pesados pliegues sobre una moqueta del mismo tono y material. Aquella era la única habitación en la que las vidrieras no casaban con la decoración: eran color escarlata, de un intenso color sangre. En ninguna de las siete estancias había un solo candil o candelabro entre la profusión de ornamentos dorados que había por todas partes o que colgaban del techo. Así, en todo aquel conjunto de habitaciones no había luz que emanara de ningún candil o vela. Sin embargo, en los pasillos que flanqueaban la *suite*, frente a cada ventanal, había un pesado trípode con un brasero llameante cuya luz velaban las vidrieras; así entraba el resplandor en las estancias. Con el juego de luces se producían una multitud de llamativas y fantasiosas apariciones. No obstante, en la habitación occidental, la habitación negra, el efecto lumínico que se proyectaba sobre los oscuros cortinajes a través de las vidrieras color sangre era sumamente terrorífico y producía una imagen tan salvaje en el rostro de quienes entraban allí que pocos tenían el valor de poner un pie en aquella estancia.

Era allí también donde, en la pared occidental, colgaba un gigantesco reloj de ébano. El péndulo se balanceaba y emitía un pesado y sordo clonc; y cuando el minutero había recorrido toda la esfera y el reloj estaba a punto de dar la hora, de sus descarados pulmones metálicos surgía un sonido claro y fuerte y profundo y extremadamente musical, pero con un tono y fuerza tan peculiar que, cada vez que daba la hora, los músicos de la orquesta se veían obligados a detener un instante su ejecución para prestar atención a aquel sonido; del mismo modo, por fuerza, los bailarines se quedaban quietos y se producía un breve instante de desconcierto entre el alegre grupo; y mientras sonaba el carrillón del reloj, se veía que los más embelesados palidecían y los más viejos y sosegados se pasaban la mano por el ceño, como si estuvieran sumidos en sus cavilaciones o en una confusa ensoñación. Sin embargo, cuando el reloj dejaba de dar la hora, se extendía entre los presentes una risilla ligera; los músicos intercambiaban miradas y sonreían como si lo hicieran ante su propio nerviosismo y necedad, y se juraban entre susurros que, la próxima vez que sonara el carrillón, no se alterarían así; y, entonces, cuando transcurrían sesenta minutos –que contienen tres mil seiscientos segundos de ese Tiempo que vuela–, volvía a oírse el ton-ton-ton y volvía a extenderse el mismo desconcierto y temblor y circunspección que antes.

Pero, a pesar de esas cosas, el festejo era alegre y glorioso. Los gustos del príncipe eran peculiares. Tenía buen ojo para los colores y los efectos. No tenía en alta estima la decoración que seguía las simples modas. Sus planes eran arriesgados y atrevidos, sus ideas relucían con un lustre bárbaro. Algunos lo habrían tachado de loco. Sus adeptos pensaban que no era el caso. Era necesario oírlo y verlo y tocarlo para estar seguro de que tenía la cabeza en su sitio.

En buena medida, había sido él quien había indicado dónde colocar los ornamentos móviles de las siete estancias a la sazón de esa gran *fête*[1]; era su propio gusto lo que había influido en los enmascarados participantes. Sin duda, la estampa que formaban era grotesca. Había mucho brillo y purpurina y chispa y fantasmagoría –algo parecido a lo que después se ha visto en *Hernani*[2]–. Había figuras arabescas con extremidades y adornos incongruentes. Había fantasías delirantes como los atavíos de los locos. Había mucho de lo bello, de lo lascivo, de lo extravagante, algo de lo terrible y no poco de lo que podría haber generado repulsión. En las siete estancias acechaban, por doquier, una multitud de sueños. Y esos sueños se retorcían por aquí y por allá, adoptaban el color de las habitaciones y hacían que la desaforada música de la orquesta pareciera el eco de sus pasos. Y, al poco, ahí que suena el reloj de ébano de la sala de terciopelo. Y entonces, por un instante, todo se paraliza y todo es silencio, salvo la voz del reloj. Los sueños, congelados en su sitio. Pero el eco del carrillón va muriendo, no

---

1. N. de la T.: *fête* es una palabra francesa que significa 'fiesta'.
2. N. de la T.: *Hernani* fue una obra teatral de Victor Hugo que se estrenó en París en 1830; pertenece al género de los dramas románticos.

ha durado más que un instante, y una ligera y apagada risilla flota tras su estela. Y ahora de nuevo la música crece y los sueños viven, y se retuercen arriba y abajo más dichosamente que nunca, tiñéndose del color de las vidrieras por las que se cuela la luz de los braseros. Pero en la cámara que se encuentra en el extremo oeste ningún enmascarado se aventura a entrar, pues la noche va menguando y por allí se cuela una luz rubicunda por las vidrieras color sangre, y la negrura de los drapeados azabache espanta; y a quien pone un pie sobre la moqueta azabache, del cercano reloj de ébano le llega un ton-ton-ton más solemnemente portentoso del que alcanza a los oídos de los que se regocijan en el jolgorio más remoto del resto de las estancias.

Pero el resto de las estancias estaban abarrotadísimas y allí palpitaba enfebrecido el corazón de la vida. Y el jolgorio seguía, todo daba vueltas como un torbellino, hasta que el sonido de la medianoche llegó al reloj. Y entonces la música cesó, como he dicho; y los giros de los bailarines se detuvieron y hubo una incómoda pausa, como antes. Pero ahora el reloj iba a dar las doce; así, tal vez, con ese tiempo adicional, más cavilaciones infectaron la mente de los festejantes pensativos. Así, antes de que el último eco del carrillón se sumiera del todo en el silencio, muchos individuos del baile tuvieron un instante ocioso para reparar en la presencia de una figura enmascarada que antes no había llamado la atención de absolutamente nadie. Tras extenderse el rumor de esa nueva presencia entre susurros, acabó surgiendo entre la muchedumbre un revuelo, o murmullo, que expresaba desaprobación y sorpresa, y, luego, al final, terror, horror y repulsión.

En una congregación de fantasmas como la que he pintado, cabe suponer que tal sensación solo la pudo causar una presencia muy fuera de lo común. Cierto es que la venia de la mascarada de aquella noche era casi ilimitada, pero la figura en cuestión había sido más Herodes que el propio Herodes, había ido más allá incluso de los brumosos límites del decoro del príncipe. Hay ciertas cuerdas en el corazón de los más temerarios que no se pueden tocar sin despertar ciertas emociones. Incluso para los que están totalmente perdidos, incluso para aquellos que consideran que la vida y la muerte son bromas parejas, hay asuntos sobre los que no se puede bromear. Ciertamente, todos los presentes parecían estar totalmente de acuerdo en que en el disfraz y actitud de aquella persona desconocida no había ni ingenio ni decoro. La figura era alta y adusta, cubierta de arriba abajo con los atavíos de la sepultura. La máscara que ocultaba el rostro estaba hecha de tal manera que era casi igual que la de la cara de un cadáver; hasta el más meticuloso escrutinio habría tenido dificultades para detectar la diferencia. Pero a los locos festejantes allí congregados aún les habría parecido tolerable. No obstante, aquella persona enmascarada había llegado demasiado lejos: iba disfrazada de la Muerte Roja. Sus vestiduras estaban manchadas de sangre, y su amplia frente, así como todos los rasgos de la cara, salpicados con la abominación escarlata.

Cuando los ojos del príncipe Próspero se posaron sobre aquella imagen espectral –que, con un movimiento lento y solemne, como para darle más entidad al papel, acechaba entre los bailarines, yendo arriba y abajo–, se le vio retorcerse; primero, con un fuerte estremecimiento, bien de terror o de repugnancia, pero, al instante, el ceño se le enrojeció, airado.

«¿Quién osa?», preguntó con voz ronca a los cortesanos que los rodeaban. «¿Quién osa insultarnos con tamaña burla blasfema? Prended a esa persona y desenmascaradla, que sepamos a quién habremos de colgar de las almenas al amanecer».

El príncipe Próspero estaba en la habitación oriental, o azul, al pronunciar aquellas palabras. Retumbaron por las siete estancias, fuertes y claras, pues el príncipe era un hombre gallardo y robusto, y bastó un ademán suyo para que la música cesara.

Allí, en la estancia azul, estaba el príncipe con un grupo de pálidos cortesanos. En un primer momento, cuando habló, el cortejo avanzó atolondradamente hacia el intruso, quien estaba al alcance de la mano y, de inmediato, con paso decidido y regio, se acercó al príncipe. No obstante, cierto innombrable pavor reverencial que había inspirado entre los presentes aquella figura enmascarada, un pavor que había despertado alocadas suposiciones sobre su persona, hizo que nadie diera un paso más para prenderla; así, sin obstáculo, pasó a menos de un metro del príncipe y, mientras la vasta congregación, como unida por un mismo impulso, se alejó del centro y se pegó a las paredes de la sala, aquella figura avanzó sin que nadie se lo impidiese, pero con los mismos solemnes y medidos pasos que la habían distinguido desde el principio, y así atravesó la habitación azul; luego, la púrpura; luego, de la púrpura fue a la verde; luego, de la verde, a la naranja; luego, de la naranja, a la blanca, y llegó a la violeta antes de que nadie diera un paso para retenerla. Fue entonces, no obstante, cuando el príncipe Próspero, loco de rabia y avergonzadísimo por su propia cobardía momentánea, atravesó corriendo las seis estancias, aunque nadie lo siguió, pues todo el mundo estaba paralizado de terror, de un terror mortal. El príncipe empuñaba una daga y había llegado, con veloz impetuosidad, a pocos pasos de aquella figura que se estaba retirando cuando esta, al llegar al extremo de la sala de terciopelo, se volvió de repente y se enfrentó a su perseguidor. Se oyó un grito agudo; la daga cayó reluciente sobre la moqueta azabache sobre la que, al cabo de unos instantes, se desplomó fulminado el ya difunto príncipe Próspero. Entonces, reuniendo el irracional valor de la desesperación, una multitud de festejantes fueron en tromba a la habitación negra, prendieron a la figura enmascarada, alta, erguida e inmóvil a la sombra del reloj de ébano, y ahogaron un grito de terror impronunciable al darse cuenta de que tras aquella capa de mortaja y tras aquella máscara cadavérica que sostenían con tan violenta impetuosidad no había ninguna forma tangible.

En ese momento, se evidenció la presencia de la Muerte Roja. Había llegado como un ladrón en plena noche. Uno por uno, los festejantes cayeron en las estancias donde antes habían festejado, ahora ensangrentadas, y murieron en la patética postura de su caída. Y la vida del reloj de ébano se esfumó con la del último dichoso. Y las llamas de los braseros se extinguieron. Y la Oscuridad y la Podredumbre y la Muerte Roja, ilimitadas, señorearon sobre todos.

El corazón delator

¡Cierto! Nervioso... Terrible, terriblemente nervioso había estado y sigo estando, pero ¿por qué decís que estoy loco? La enfermedad me había agudizado los sentidos... No los había destruido, no los había aturdido. Sobre todo se me había afinado el oído. Oía todo cuanto había en el cielo y la tierra. Y oía mucho de lo que hay en el infierno. ¿Cómo se puede decir que estoy loco? ¡Escuchad! Escuchad y observad lo racional, lo tranquilamente que puedo contaros toda esta historia.

Me resulta imposible decir cómo me entró la idea en la cabeza, pero, una vez dentro, me acechaba día y noche cual espectro. Causa no había. Animadversión, tampoco. Yo le tenía cariño al anciano. Nunca me había hecho ningún mal. Nunca me había insultado. Y no ambicionaba su oro. ¡Creo que era su ojo! Sí, ¡eso era! Uno de sus ojos se parecía al de un buitre; un ojo azul pálido, entelado. Cada vez que se posaba sobre mí, se me helaba la sangre y, de ese modo, poco a poco, de manera muy gradual, me convencí de que había de quitarle la vida a aquel anciano y librarme para siempre de aquel ojo.

Y esa es la cuestión. Pensáis que estoy loco. Los locos son unos inconscientes. Pero tendríais que haberme visto. Tendríais que haber visto lo sabiamente que procedí... ¡Con qué precaución, con qué presciencia, con qué disimulo me puse manos a la obra! Nunca fui más amable con el anciano que la semana anterior a asesinarlo. Cada noche, hacia la medianoche, quitaba el pestillo de su puerta y la abría —¡ay, con qué cuidado!—. Entonces, cuando había dejado hueco suficiente para meter la cabeza, introducía un farol oscuro, tapado, tapado para que no saliera la luz, y luego me asomaba. Ay, ¡os habrías reído de ver mi astucia! Procedía despacio, muy muy despacio, para no despertarlo. Me costaba una hora meter la cabeza por la apertura de manera que pudiese verlo, tumbado en la cama. ¡Ja! ¿Un loco habría sido tan listo? Entonces, cuando ya tenía la cabeza bien dentro de la habitación, abría la tapa del farol con cuidado —ay, con tanto cuidado—, con cuidado, porque las bisagras rechinaban, lo abría lo justo y necesario para que un solo rayito de luz iluminase aquel ojo de buitre. Y eso hice durante siete largas noches —cada noche justo a las doce—, pero siempre me encontraba el ojo cerrado, por lo que era imposible llevar a cabo mi obra, pues aquel pobre anciano no era quien me irritaba, sino su Maléfico Ojo. Y cada mañana, cuando rompía el alba, me acercaba con todo el descaro a su habitación y le hablaba con valentía, lo llamaba por su nombre de pila con tono afable y le preguntaba cómo había pasado la noche. Ya veis que el hombre tendría que haber sido un hombre muy avispado para sospechar que, cada noche, justo a las doce, lo espiaba mientras dormía.

La octava noche fui más cauteloso de lo habitual a la hora de abrir la puerta. El minutero de un reloj era más rápido que mis manos. Hasta esa noche, nunca había *sentido* el alcance de mis propios poderes…, de mi sagacidad. Me costaba contener el triunfalismo al pensar que ahí estaba yo abriendo la puerta, poco a poco, y que él no se imaginaba ni en sueños mis secretas acciones o intenciones. Inevitablemente, se me escapó una risilla y quizá me oyó, pues de repente se revolvió en la cama, como si se hubiera sobresaltado. Tal vez penséis que me eché atrás..., pero no. La densa oscuridad sumía la habitación en un negro alquitrán –pues los postigos estaban bien cerrados por miedo a los ladrones–, por lo que yo sabía que el anciano no veía la rendija de la puerta, así que seguí abriéndola sin prisa, pero sin pausa.

Ya tenía la cabeza metida y estaba a punto de abrir la tapa del farol cuando se me resbaló el pulgar por el cierre de hojalata, y entonces el viejo se incorporó de un salto y gritó: «¿Quién anda ahí?».

Me quedé muy callado y no dije nada. Durante una hora, no moví un solo músculo y, entretanto, tampoco oí que se volviera a tumbar. Seguía incorporado, al acecho; igual que había hecho yo, noche tras noche, prestando atención a los relojes de la muerte, esos oscuros escarabajos que correteaban por la pared.

Inmediatamente, escuché un leve gemido; supe que era un gemido de terror mortal. No era de dolor o de alivio, ¡ay, no! Era ese sordo sonido que surge del fondo del alma cuando la invade el pavor. Lo conocía bien. Muchas noches, justo cuando daban las doce, cuando todo el mundo dormía, también a mí me había surgido del pecho, ahondando, con su temible eco, los terrores que me distraían. Digo que lo conocía bien. Sabía lo que estaba sintiendo el anciano, lo compadecía, aunque, en el fondo, me entraba la risa. Sabía que estaba despierto desde el primer ruidito, cuando se había revuelto en la cama. Desde entonces, los miedos habían ido creciendo. Había intentado pensar que no era nada, pero no podía. Se habría dicho: «Será el viento en la chimenea... No es más que un ratón correteando por el suelo, o un grillo que ha hecho un solo cric». Sí, había intentado tranquilizarse con esas suposiciones, pero todas en vano. Todas en vano porque la Muerte, cerniéndose sobre él, había estado al acecho con su negra sombra y había amortajado a la víctima. Y había sido el triste influjo de esa sombra en la que no había reparado lo que había hecho que sintiera –aun sin ver ni oír–... que *sintiera* la presencia de mi cabeza en el dormitorio.

Tras dejar pasar un buen rato, pacientemente, y no oír que se echara, decidí abrir un poquito, muy muy poquito, la tapa del farol. Así que eso hice –y no sabéis con qué sigilo, con qué sigilo– hasta que un rayito de luz, como un hilo de telaraña, salió de la rendija del farol y se proyectó sobre el ojo de buitre.

Estaba abierto, muy abierto, y se fue enfureciendo mientras yo lo observaba. Lo vi sin atisbo de dudas: un ojo azul apagado con un velo terrible que me helaba hasta el tuétano, si bien yo no alcanzaba a ver nada más del rostro o del cuerpo del anciano, pues había dirigido el rayo, como por instinto, justo sobre aquel maldito punto.

Y ahora, con lo que os he contado, ¿acaso no veis que tomáis por locura lo que es una gran agudeza de los sentidos? En ese momento os digo que llegó a mis oídos un sonido débil, sordo, rápido, como el que hace un reloj envuelto en algodón. También conocía a la perfección ese sonido. Era el latido del corazón del anciano. Aumentó mi furia, del mismo modo que los tambores infunden valor al soldado.

Pero incluso entonces me contuve y me quedé quieto. Sin apenas respirar. Sostuve el farol inmóvil. Puse a prueba la estabilidad con la que mantenía el rayo en el ojo. Entretanto, aquella infernal retreta fue aumentando. Cada vez sonaba más y más rápido, más y más fuerte, a cada instante. ¡El anciano debía de estar sumamente aterrorizado! ¡Ya digo que cada vez sonaba más y más fuerte!... ¿Me entendéis? Ya os he dicho que soy de carácter nervioso: así es. Y entonces, en las horas muertas de la noche, entre el terrorífico silencio de aquella antigua casa, un sonido tan extraño como ese me provocó un terror incontrolable. Sin embargo, durante unos minutos me contuve y me quedé quieto. Pero ¡el latido era cada vez más y más fuerte! Creí que el corazón me iba a estallar. Y entonces me angustié por otra cosa: ¡un vecino podría escucharlo! ¡La hora del anciano había llegado! Profiriendo un fuerte grito, abrí la tapa del farol y entré de un salto en la habitación. El hombre chilló una vez, una sola vez. En un instante, lo arrastré al suelo y le eché encima la pesada cama. Entonces sonreí alegre: ya estaba todo hecho. Pero, durante muchos minutos, el latido siguió sonando en sordina. No obstante, eso ya me dio igual; no se iba a oír a traves de las paredes. Al final, cesó. El viejo estaba muerto. Aparté la cama y examiné el cadáver. Sí, estaba muerto, requetemuerto. Apoyé la mano sobre su corazón y la dejé ahí muchos minutos. No había pulso. Requetemuerto. Su ojo ya no me molestaría más.

Si todavía creéis que estoy loco, dejaréis de pensar tal cosa cuando os dé cuenta de las juiciosas precauciones que tomé para ocultar el cuerpo. La noche iba menguando y yo trabajé deprisa, pero en silencio. En primer lugar, desmembré el cadáver. Le corté la cabeza y los brazos y las piernas.

Luego levanté tres tablones del suelo de la habitación y lo deposité todo sobre los escantillones. Entonces volví a colocar los tablones en su sitio, tan inteligentemente, tan astutamente que ningún ojo humano –ni siquiera el suyo– hubiese sido capaz de detectar que allí había algo raro. No había nada que limpiar: ni manchas de ningún tipo ni salpicaduras de sangre. Había ido yo con mucho tiento. Un barreño lo había recogido todo... ¡Ja, ja!

Cuando terminé, eran las cuatro de la mañana; estaba tan oscuro como a medianoche. Cuando las campanas dieron las horas, alguien llamó a la puerta principal. Bajé con el corazón tranquilo, ¿qué había de temer? Entraron tres hombres, que se presentaron con perfecta zalamería como agentes de policía. Un vecino había oído un chillido en mitad de la noche; había la sospecha de que se había cometido un crimen, se había tomado nota de la información en comisaría y les habían asignado a ellos hacer las pesquisas correspondientes en la casa.

Sonreí, pues ¿qué había de temer? Les di la bienvenida a los caballeros. El grito, dije, había sido mío, en sueños. El anciano, mencioné, no estaba; se había ido al campo. Los acompañé por toda la casa. Les dije que buscaran, que buscaran bien. Al final los llevé al dormitorio del anciano. Les enseñé sus tesoros, a salvo, en su sitio. Entusiasmado de tan seguro que estaba, llevé sillas al dormitorio y les dije que descansaran, que estarían fatigados, mientras yo, por el irracional arrojo de mi triunfo perfecto, coloqué mi silla justo encima del lugar donde reposaba el cuerpo de la víctima.

Los agentes estaban satisfechos. Mi conducta los había convencido. Yo estaba singularmente cómodo. Tomaron asiento y, mientras yo les respondía alegremente, se pusieron a hablar de asuntos corrientes. Pero al poco sentí que palidecía y deseé que se fueran. Me dolía la cabeza y me pareció notar un pitido en los oídos, pero allí seguían sentados, allí seguían charlando. El ruido se hizo más nítido; siguió y fue cada vez más claro. Hablé más para ahuyentar la sensación, pero aquel sonido fue tomando forma hasta que, al final, me di cuenta de que no era solo cosa de mis oídos.

Seguro que palidecí *mucho*..., aunque hablaba con total soltura y subiendo la voz. Pero el ruido se hizo más fuerte, ¿y yo qué podía hacer? Era un sonido débil, sordo, rápido, como el que hace un reloj envuelto en algodón. Intenté respirar, aunque los agentes todavía no lo oían. Hablé más rápido..., con más vehemencia, pero el sonido era cada vez más fuerte. Me levanté y discutí sobre naderías con voz aguda y ademanes violentos, pero el sonido era cada vez más fuerte. ¿Por qué no se iban? Recorrí el dormitorio, arriba y abajo, con zancadas pesadas, como si las observaciones de aquellos hombres me hubiesen enfurecido, pero el sonido era cada vez más fuerte. ¡Ay, Dios! ¿Qué hacer? ¡Rabié, despotriqué, insulté! Giré la silla sobre la que me había sentado y rasqué con ella los tablones del suelo, pero el sonido se imponía y era cada vez más fuerte. ¡Más y más y más fuerte! Y aquellos hombres seguían charlando alegremente y sonreían. ¿Sería posible que no lo oyesen? ¡Dios Todopoderoso! ¡No, no! ¡Lo oían! ¡Sospechaban! *¡Lo sabían!* ¡Se estaban burlando de mi terror! Es lo que pensé entonces y lo que pienso ahora. Pero ¡cualquier cosa era mejor que aquella agonía! ¡Cualquier cosa era más tolerable que aquella mofa! ¡No podía soportar sus sonrisas hipócritas ni un segundo más! ¡Sentí que o gritaba o moría! Y ahora, ¡otra vez! ¡Escuchad! ¡Más fuerte! ¡Más fuerte! ¡Más fuerte! *¡Más fuerte!*

«¡Bellacos!», chillé. «¡Dejad de disimular! ¡Admito el crimen! ¡Arrancad los tablones, ahí, ahí! ¡Ahí está el latido de su terrible corazón!».

El tonel de amontillado

Yo había soportado lo mejor que había podido las mil afrentas de Fortunato, pero cuando pasó al insulto, juré vengarme. Tú, que tan bien conoces la naturaleza de mi alma, supondrás bien que no formulé en voz alta mi amenaza. Que *por fin* iba a vengarme era algo que tenía totalmente decidido, pero el carácter definitivo de la decisión impedía que corriera riesgos. No solo debía castigarlo, sino hacerlo con impunidad. Un mal no se repara cuando la pena alcanza al que se venga. Del mismo modo que tampoco hay reparación cuando quien sufre la venganza no sabe quién se ha vengado.

Ha de entenderse que no hice que Fortunato dudara de mi buena voluntad, ni con las palabras ni con los hechos. Seguí, como de costumbre, sonriendo en su presencia, y él no se percató de que mi sonrisa se dibujaba porque pensaba en su destrucción.

El buen Fortunato tenía un punto débil, si bien en otros aspectos era un hombre que infundía respeto e incluso temor: se jactaba de ser todo un entendido en vinos. Pocos italianos tienen el verdadero espíritu de un *virtuoso*; en su mayoría, su entusiasmo está pensado para amoldarse a la situación, impostado ante millonarios británicos y austriacos. Así, en cuanto a pintura y gemología, Fortunato, como sus compatriotas, era un charlatán, pero cuando se trataba de vinos añejos era sincero. En ese sentido, no éramos muy diferentes: yo también entendía de añejos italianos y compraba con prodigalidad cuando podía.

Era uno de los días de la suprema majadería de la temporada carnavalesca y caía ya la tarde cuando me encontré con mi amigo. Se me acercó con excesivo entusiasmo, pues había estado bebiendo mucho. Iba vestido de manera estrafalaria. Llevaba unos pantalones ajustados de rayas festivas y la cabeza coronada con el cónico gorrito de cascabeles. Me alegró tanto verlo que pensaba que no terminaría jamás de estrecharle la mano. Le dije:

–Mi querido Fortunato, dichosos los ojos. ¡Hoy te veo estupendísimo! Por cierto, he de decirte que he recibido un tonel que se supone que es de amontillado, pero tengo mis dudas.

–¿Cómo? ¿De amontillado? ¿Un tonel? ¡Imposible! ¡Y más en plenos carnavales!

–Tengo mis dudas –respondí–, y he sido lo bastante necio de acordar el precio de amontillado de pura cepa sin consultarte. No daba contigo y me daba miedo perder la oportunidad.

–¡Amontillado!

–Tengo mis dudas.

–¡Amontillado!

–Y he de pagarles.

–¡Amontillado!

–Como tú estás ocupado, voy donde Luchesi. Si alguien tiene buen paladar, ese es él. Me dirá si...

–Luchesi no distingue el amontillado del jerez.

–Y, aun así, algunos descerebrados dirían que tiene tan buen gusto como tú.

—Venga, vamos.

—¿Adónde?

—A tu cripta.

—No, amigo, no. No me quiero aprovechar de tu amabilidad. Te veo ocupado. Luchesi...

—No me requieren en ninguna parte, vamos.

—No, amigo, no. No es tanto que tengas o no compromisos, sino el grave resfriado que noto que te aflige. La cripta tiene unas humedades insufribles. Hay nitrato de potasio incrustado.

—Aun así, vayamos. Este resfriado no es nada. ¡Amontillado! Te han dado gato por liebre, y Luchesi no es capaz de distinguir jerez de amontillado.

En aquellos términos, Fortunato me agarró por el brazo. Se puso una máscara de seda negra y, envolviéndonos con una capa, sufrí sus prisas por llegar a mi *palazzo*.

No había sirvientes en casa; se habían zafado para poder festejar, como es menester en esa época del año. Les había dicho que no volvería hasta la mañana y les había dado órdenes explícitas para que no se movieran de casa. Esas órdenes eran suficientes, bien lo sabía, para asegurarme de que se esfumarían de inmediato, uno por uno, en cuanto me diese la vuelta.

Tomé dos antorchas de los soportes y, dándole una a Fortunato, lo guie a través de varias estancias hasta llegar a la arcada que daba a la cripta. Descendí por una larga y sinuosa escalera y le pedí que me siguiera con cuidado. Cuando por fin llegamos abajo del todo, pisamos el húmedo suelo de las catacumbas de los Montresor.

Mi amigo caminaba inestable y el gorro cascabeleaba a cada paso.

—El barril —dijo.

—Está más al fondo —contesté—, pero mira las blancas telarañas que relucen en estas paredes cavernosas.

Se volvió hacia mí, clavó en mis ojos sus dos orbes entelados que destilaban los fluidos de la embriaguez.

—¿Nitrato de potasio? —preguntó por fin.

—Sí. ¿Cuánto llevas con ese resfriado?

—¡Cof, cof, cof!... ¡Cof, cof, cof!... ¡Cof, cof, cof!... ¡Cof, cof, cof!... ¡Cof, cof, cof!...

Mi pobre amigo fue incapaz de responder durante un buen rato.

—No es nada —dijo finalmente.

—Venga —le respondí con decisión—, volvamos. Tu salud es lo primero. Eres un hombre rico, respetado, admirado, querido. Eres feliz como lo fui yo antaño. Eres un hombre al que echarán de menos. Por mí da igual. Volvamos, que enfermarás y no puedo ser yo el culpable. Además, está Luchesi que...

—Basta —me cortó—. Este resfriado es una nadería, no acabará conmigo. No me voy a morir de un resfriado.

—Cierto, cierto —contesté—. Y huelga decir que no quería yo alarmarte de manera innecesaria, pero harías bien en andarte con ojo. Un trago de este medoc[3] nos protegerá de las humedades.

---

3. N. de la T.: Célebre vino producido en la región del Médoc, en Nueva Aquitania (Francia).

Acto seguido, descorché una botella que saqué de una larga hilera de compañeras suyas que descansaban sobre el moho.

—Bebe —le dije, ofreciéndole el vino.

Se llevó la botella a los labios con mirada lasciva. Hizo una pausa y asintió con complicidad, mirándome, mientras el gorro cascabeleaba.

—Bebo por los muertos que reposan a nuestro alrededor.

—Y yo por tu larga vida.

Volvió a agarrarme del brazo y seguimos nuestro camino.

—Esta cripta es enorme —dijo.

—Los Montresor somos familia numerosa.

—No recuerdo cuál era vuestro escudo de armas.

—Un gran pie de oro en un campo celeste; el pie aplasta una serpiente rampante que tiene los colmillos clavados en el talón.

—¿Y vuestro lema?

—*Nemo me impune lacessit.*[4]

—¡Qué bueno!

El vino titilaba en sus ojos y el gorro cascabeleaba. Se me atemperó la imaginación con el medoc. Habíamos dejado atrás paredes llenas de huesos apilados, con ataúdes mezclados con barricas, hasta llegar a las profundidades de las catacumbas. Me detuve de nuevo y esta vez me atreví a agarrar a Fortunato por el antebrazo.

---

4. N. de la T.: «Nadie me ofende impunemente».

–¡El nitrato de potasio! –dije–. Fíjate cómo prolifera. Cuelga de las bóvedas como si fuera musgo, estamos por debajo del lecho del río. La humedad gotea entre los huesos. Venga, regresemos antes de que sea demasiado tarde. Tu resfriado...

–No es nada, venga, sigamos. Pero, primero, otro traguito del medoc.

Rompí el cuello de un frasco de Château de la Grave. Lo vació en un suspiro. Sus ojos destellaron con una luz feroz. Se rio y lanzó la botella hacia arriba con un gesto que no entendí.

Lo miré sorprendido. Repitió el movimiento; un gesto grotesco.

–¿No lo entiendes? –me preguntó.

–No –respondí.

–Eso es que no formas parte de la hermandad.

–¿Perdón?

–Que no eres masón.

–¡Que sí, sí! Claro que sí –le dije yo.

–¿Tú? ¿Masón? ¡Imposible!

–Que sí, masón.

–Una señal –añadió–, una señal.

–Aquí tienes –respondí, sacando una paleta escondida entre los pliegues de mi capa.

–Estás de guasa –exclamó, retrocediendo un par de pasos–, pero, venga, vayamos a por el amontillado.

–Sea –dije, volviéndome a guardar la herramienta bajo la capa y ofreciéndole de nuevo el brazo. Se apoyó en él con todo su peso.

Proseguimos nuestro camino en busca del vino. Atravesamos una sección de arcos bajos, descendimos, seguimos avanzando y volvimos a descender hasta llegar a una profunda cripta en la que el aire, de tan viciado, hizo que las antorchas dejaran de llamear con fuerza y su brillo se atenuase.

En el rincón más alejado apareció otra cripta menos espaciosa. Las paredes estaban cubiertas de restos humanos, apilados hasta la bóveda, como en las grandes catacumbas de París. Tres de los lados de aquella cripta interior estaban ornamentados de aquella manera; del cuarto se habían apartado los huesos, dejados de cualquier manera en el suelo, donde formaban una pila de tamaño más o menos considerable. En la pared que había quedado expuesta al quitar los huesos, percibimos un nicho o cripta todavía más interior, de un metro y algo de profundo y algo menos de un metro de ancho; no llegaba a los dos metros de altura. Parecía que su construcción no respondía a ningún uso en particular, sino que constituía el simple intervalo entre dos de los colosales pilares del techo de las catacumbas; el fondo era de sólido granito, de los muros colindantes.

Fortunato, levantando la tenue antorcha, intentó, en vano, sondear las profundidades de aquel hueco. La pobre luz no nos permitía ver dónde acababa.

–Adelante –le dije–. Ahí dentro está el amontillado. En cuanto a Luchesi...

–Es un orate –interrumpió mi amigo, y entró en el hueco trastabillando, mientras yo lo seguía pisándole los talones. En el momento en el que llegó al final del nicho, al ver que no podía avanzar más por la pared de roca, se quedó parado, estúpidamente asombrado. Al cabo de un instante, lo había encadenado al granito. En la pared había dos argollas de hierro, separadas por cosa de un metro en horizontal. De una de ellas caía una corta cadena; de la otra, un candado. Tras unir los cabos alrededor de su cadera, no tardé más de unos segundos en amarrarlo. Estaba demasiado pasmado para oponer resistencia. Tras retirar la llave, salí de allí.

–Pasa la mano por el muro –le dije–. No podrás evitar notar el nitrato de potasio. Sin duda, está *muy* húmedo. Una vez más, deja que te *implore* que regreses. ¿No? Entonces, no me queda otra que dejarte aquí. Pero primero te ofreceré todas las atenciones que están en mi mano.

–¡El amontillado! –profirió mi amigo, que todavía no se había recuperado de su asombro.

–Cierto, el amontillado.

Mientras le decía esas palabras, me afané entre la pila de huesos de la que he hablado antes. Tras apartarlos, enseguida destapé cierta cantidad de piedra y argamasa. Con esos materiales y la ayuda de mi paleta, empecé a tapiar con vigor la entrada del nicho.

Apenas había levantado la primera hilada de la tapia cuando descubrí que a Fortunato ya se le había pasado bastante la embriaguez. La primera señal que tuve del cambio de estado fue un lloriqueo lastimero desde el fondo del nicho. No eran los lloros de un hombre borracho, en absoluto. Luego le siguió un largo y obstinado silencio. Puse la segunda hilada, y la tercera, y la cuarta; entonces oí las furibundas sacudidas de la cadena; el ruido duró varios minutos, durante los que, para disfrutar más de aquellos sonidos, dejé mi labor y me senté sobre los huesos. Cuando por fin cesaron las sacudidas, seguí con la paleta y terminé sin interrupción la quinta, la sexta y la séptima hilada. La tapia ya casi me llegaba al pecho. Hice otra pausa y, sosteniendo la antorcha por encima del murete, iluminé un poco la figura que había en el interior.

Una sucesión de gritos fuertes y estridentes, que salieron de repente de la garganta del encadenado, parecieron empujarme con fuerza hacia atrás. Por un breve instante, dudé; temblé. Tras desenfundar mi estoque, empecé a tantear el nicho con el arma, pero un pensamiento que me vino en aquel instante me tranquilizó. Puse la mano sobre la sólida estructura de las catacumbas y me sentí satisfecho. Volví a acercarme a la pared: respondí a los gritos del que vociferaba. Amplifiqué su eco; me sumé a ellos; los superé en volumen y fuerza. Tras mis gritos, el que vociferaba guardó silencio.

Ya era medianoche y mi tarea llegaba a su fin. Había completado la octava, la novena y la décima hilada. Había terminado una parte de la última, la undécima; solo quedaba una piedra por colocar y argamasar. Me costó moverla, de lo pesada que era; la coloqué parcialmente en posición, pero del nicho salió una risilla que me erizó los cabellos. Luego siguió una voz triste, que me costó reconocer como la del noble Fortunato. La voz dijo:

–¡Ja, ja, ja! ¡Je, je, je! ¡Qué broma más divertida! ¡Eres... la monda! ¡Cómo nos reiremos en el *palazzo*! ¡Je, je, je!... Con nuestro vino. ¡Je, je, je!

—¡El amontillado! —respondí.

—¡Je, je, je!... ¡Je, je, je! Sí, el amontillado. Pero ¿no se nos está haciendo tarde? ¿No nos estarán aguardando en el *palazzo* lady Fortunato y el resto? Venga, es hora de marcharse.

—Sí, es hora de marcharse.

—¡Por el amor de Dios, Montresor!

—Sí, ¡por el amor de Dios!

Esperé atento una respuesta, en vano. Me impacienté.

—¡Fortunato!

Nada. Insistí:

—¡Fortunato...!

Nada. Metí la antorcha por la apertura que quedaba y la dejé caer en el nicho. Como respuesta, solo llegó un cascabeleo. Mi corazón se estaba poniendo enfermo por la humedad de las catacumbas. Me apresuré a terminar con mi labor. Coloqué, con dificultad, la última piedra en posición. La argamasé. Volví a levantar la antigua muralla de huesos ante aquella nueva tapia. Durante medio siglo, ningún mortal los ha importunado. *In pace requiescat!*[5]

·

5. N. de la T.: «En paz descanse».

El gato negro

Con este relato que estoy a punto de escribir –absurdo como él solo, aunque bien sencillo–, ni espero ni pido que se me crea. Loco sería de esperarlo, en un caso en el que mi propia razón rechaza lo que ha presenciado. Pero loco no estoy... Y, a buen seguro, no estoy soñando. Pero mañana muero y hoy he de soltar el lastre de mi alma. Mi propósito inmediato es presentar ante el mundo de manera llana, sucinta, sin más comentarios, una serie de simples acontecimientos domésticos. Por sus consecuencias, dichos acontecimientos me han aterrorizado... Me han torturado... Me han destruido. Pero no intentaré explicarlos. Para mí, no han hecho más que infundir terror... Para otros muchos no resultarán tan terribles como sí barrocos. En lo sucesivo, tal vez haya algún intelecto que reduzca mi fantasma a algo normal y corriente; un intelecto más sereno, más lógico y mucho menos susceptible que el mío, uno capaz de percibir, en las circunstancias que detallo aquí con pavor, nada más que una sucesión normal y corriente de causas y efectos de lo más naturales.

Desde mi infancia fue célebre mi carácter dócil y humano. Mi buen corazón era un rasgo tan llamativo como para convertirme en el hazmerreír de mis compañeros. En especial, tenía amor por los animales, y mis padres me consintieron con una gran variedad de mascotas. Pasaba con ellas casi todo mi tiempo y mi mayor felicidad era alimentarlas y acariciarlas. Esta peculiaridad de carácter creció conmigo y, en la edad adulta, derivé de ella una de mis principales fuentes de placer. Para quienes han cultivado el afecto de un perro fiel y sagaz, no será menester que me tome la molestia de explicar la naturaleza o la intensidad de la gratificación que nos depara. Hay algo en el abnegado y altruista amor de una bestia que va directo al corazón de quien a menudo ha tenido la ocasión de poner a prueba la irrisoria amistad y precaria fidelidad de un simple humano.

Me casé joven y me alegró encontrar en mi esposa un carácter que no desentonaba con el mío. Consciente de mi inclinación hacia los animales domésticos, ella no perdía la ocasión de procurarme compañeros de lo más agradables. Teníamos pájaros, carpas, un perro estupendo, conejos, un monito y un gato.

Este último era un animal notablemente grande y hermoso, todo negro, sagaz hasta un punto asombroso. Al hablar de su inteligencia, mi esposa, cuyo corazón no albergaba ni sombra de supersticiones, hacía alusiones frecuentes al saber popular que consideraba todos los gatos negros brujas disfrazadas. No vayan a pensar que mi mujer lo creía *en serio*; lo digo solo por decir.

Plutón –así se llamaba el gato– era mi animal y compañero de juegos preferido. Solo yo me encargaba de alimentarlo, y él me seguía por casa a sol y a sombra. Incluso me costaba evitar que me siguiera cuando yo salía la calle.

Así fue nuestra amistad durante varios años, durante los que mi temperamento y carácter generales experimentaron –me sonrojo al confesarlo– un cambio radical a peor por obra del demonio Etílico. Día tras día, me fui volviendo más hosco, más irritable, más indiferente a los sentimientos ajenos. Me permitía hablarle a mi esposa de malos modos. Al final, hasta fui violento con ella. Mis animales, por supuesto, notaron el cambio de mi carácter. No solo los descuidaba, sino que los maltrataba. En cuanto a Plutón, no obstante, seguía teniéndole suficiente cariño para no tratarlo mal, aunque no tenía escrúpulos a la hora de hacer daño a los conejos, al mono, incluso al perro, cuando por accidente, o por afecto, se cruzaban en mi camino. Pero mi mal empeoró, pues, ¡ay, qué enfermedad es el alcohol! Y al final hasta Plutón, que se estaba haciendo viejo, y, por tanto, estaba algo irritable, empezó a experimentar los efectos de mi irascible temperamento.

Una noche, cuando llegué a casa, muy ebrio tras una de mis habituales rondas por la ciudad, me dio la sensación de que el gato evitaba mi presencia. Lo agarré; entonces, el animal, asustado por mi gesto violento, me mordió y me hizo una heridita en la mano. Me poseyó al instante la furia de un demonio. Ya no me reconocía. Mi alma original parecía, de repente, haber abandonado mi cuerpo y otra más maliciosa, pérfida, avivada por la ginebra, daba vida a cada fibra de mi cuerpo. Saqué del bolsillo del chaleco una navaja, la abrí, sujeté a la pobre bestia por el gaznate y, deliberadamente, ¡le saqué un ojo! Cómo me avergüenzo, cómo me quema, cómo tiemblo mientras escribo esa terrible atrocidad.

Cuando, por la mañana, volvió mi razón... Cuando se hubieron disipado con el sueño los vapores del jolgorio nocturno, experimenté una sensación entre el terror y el arrepentimiento por el crimen del que era culpable; pero, en el mejor de los casos, era un sentimiento flojo y equívoco: mi alma quedó impasible. De nuevo, me dejé llevar por los excesos y pronto ahogué en vino el recuerdo de lo que había hecho.

Entretanto, poco a poco, el gato se recuperó. La cuenca del ojo perdido ofrecía, cierto es, una estampa terrorífica, pero el animal ya no parecía estar sufriendo. Deambulaba por casa como siempre, pero, como era de esperar, huía aterrorizado en cuanto yo me acercaba. Aún me quedaba bastante de mi viejo corazón como para, en un primer momento, afligirme por el evidente rechazo de una criatura que antaño me había querido tanto. No obstante, ese sentimiento pronto dio paso a la irritación y luego, como definitiva e irrevocable estocada, al espíritu de la PERVERSIDAD. De ese espíritu, la filosofía nada tiene que decir. Pero estoy tan seguro de que mi alma vive como de que la maldad es uno de los impulsos primitivos del corazón humano, una de las facultades primarias indivisibles, o sentimientos, que guía el carácter del hombre. ¿Quién no se ha visto un centenar de veces cometiendo un acto vil o estúpido por el simple hecho de que es algo que no debe hacerse? ¿Acaso no tenemos una inclinación perpetua, que se enfrenta a nuestra sensatez, a saltarnos la ley por el mero hecho de quebrantarla? El espíritu de la perversidad, digo, vino a darme la estocada final.

Fue ese incomprensible deseo del alma de vejarse –de ejercer violencia contra su propia naturaleza–, de hacer el mal por el mal, lo que me empujó a continuar y a consumar el daño que le había infligido a la inocente bestia. Una mañana, a sangre fría, deslicé una soga alrededor de su cuello y colgué al gato de la rama de un árbol; lo colgué con las lágrimas manándome de los ojos y con el más amargo arrepentimiento en mi corazón; lo colgué porque sabía que me había querido y porque no me había dado un solo motivo para que le hiciera daño; lo colgué porque sabía que así estaba cometiendo un pecado, un pecado mortal que pondría en peligro mi alma inmortal, colocándola –si acaso era posible algo así– incluso más allá del alcance de la misericordia infinita del más misericordioso y más terrible Dios.

La noche del día que se cometió aquel acto cruel, el alarido del fuego me despertó. El dosel de mi cama ardía. Toda la casa era pasto de las llamas. A duras penas escapamos del incendio mi esposa, un criado y yo mismo. La destrucción fue total. Toda mi fortuna mundana había desaparecido y, en adelante, me resigné a la desesperación.

No caeré en la debilidad de intentar establecer una secuencia de causa y consecuencia entre el desastre y la atrocidad. Lo que hago es detallar una cadena de acontecimientos y no me gustaría dejar ni siquiera un posible eslabón suelto. El día después del incendio, visité las ruinas. Se habían derrumbado todos los muros, salvo uno. La excepción era un muro cortafuegos, no muy grueso, que estaba más o menos en mitad de la casa, donde se apoyaba el cabezal de mi cama. En buena medida, el enlucido había resistido las llamas; lo atribuí a que era reciente. Alrededor de esa pared se había congregado una multitud; muchas personas parecían examinar una sección particular con rigurosa y entusiasmada atención. Las exclamaciones «¡qué raro!», «¡singular!» y similares avivaron mi curiosidad. Me acerqué y vi, como si lo hubieran grabado en bajorrelieve sobre la superficie blanca, la imagen de un gato gigante. La estampa era de una exactitud verdaderamente pasmosa. Alrededor del cuello del animal había una soga.

Cuando contemplé la aparición –pues era incapaz de entenderla de otro modo– mi asombro y mi terror fueron extremos. Sin embargo, por fin el juicio vino a socorrerme. El gato, recordé, había estado colgado en un jardín adyacente a la casa. Con la alarma del fuego, el jardín se había llenado de inmediato de gente; alguien debió de cortar la soga y lanzar el animal a mi habitación por la ventana abierta. Sin duda, quien lo hiciera lo hizo para despertarme. La caída del resto de los muros había aplastado a la víctima de mi crueldad contra el material del enlucido, de puesta reciente; el yeso, con las llamas y el amoniaco de la carcasa, había dibujado el retrato tal como lo había visto yo.

Aunque fue así como le expliqué a mi razón el asombroso hecho que acabo de detallar, si bien no del todo a mi conciencia, la cuestión dejó una honda impresión en mi mente. Durante meses, fui incapaz de liberarme del fantasma del gato y, durante ese tiempo, me volvía al espíritu un sentimiento velado que parecía –aunque no lo era– arrepentimiento. Al final hasta lamenté la pérdida del animal y busqué, entre los tugurios que frecuentaba, otro gato de apariencia parecida con el que llenar su ausencia.

Una noche, medio borracho en un lugar de mala muerte, una cosa negra captó de repente mi atención; reposaba en lo alto de los inmensos toneles de ginebra o ron que constituían casi todo el mobiliario del local. Llevaba unos minutos mirando fijamente la tapa de aquel tonel y me sorprendió no haber reparado antes en lo que había allí encima. Me acerqué y lo toqué. Era un gato negro; muy grande, tan grande como Plutón y muy parecido a él, salvo por una cosa: Plutón no tenía un solo pelo blanco en ninguna parte del cuerpo, pero este tenía una franja grande, blanca e irregular que le cubría casi todo el pecho.

Al tocarlo, se incorporó de inmediato, ronroneó fuerte y se frotó contra mi mano; parecía encantado de que le hiciera caso. Hete allí la criatura que estaba buscando. Enseguida me ofrecí a comprársela al dueño, pero me dijo que no era suya, no sabía nada de ese gato, no lo había visto nunca.

Seguí acariciándolo y, cuando estuve ya listo para irme a casa, el animal se mostró dispuesto a acompañarme. Se lo permití; de vez en cuando, me agachaba y le daba unas palmaditas mientras seguía caminando. Al llegar a casa, se domesticó enseguida y de inmediato se convirtió en el ojito derecho de mi esposa.

Por mi parte, enseguida noté que me iba generando cada vez más rechazo. Era justo lo contrario a lo que había previsto, pero –y no sabía yo por qué– el evidente cariño que me tenía el animal me desagradaba y me molestaba. Paulatinamente, ese desagrado y molestia acabó cobrando la forma de la amargura propia del odio. Lo rehuía; cierta vergüenza y el recuerdo de mi acto de crueldad evitaba que lo maltratara. Durante varias semanas no lo golpeé ni lo maltraté en modo alguno, pero, poco a poco, muy poco a poco, acabé por mirarlo con indecible repugnancia y por escapar silenciosamente de su aborrecible presencia, como si fuera un aliento pestilente.

Lo que sin duda hizo que lo odiara más fue el descubrimiento, a la mañana siguiente de llevarlo a casa, de que, como a Plutón, también le faltaba un ojo. Con esa circunstancia, no obstante, no hizo sino ganarse todavía más el cariño de mi esposa, que, como ya he dicho, era todo corazón; antaño mi rasgo distintivo y fuente de muchos de mis más sencillos y puros placeres.

Con la aversión que sentía yo hacia el gato, no obstante, su cariño hacia mí parecía crecer. Seguía mis pasos con una tenacidad difícil de hacer entender al lector. Cada vez que me sentaba, se acomodaba bajo mi silla o me saltaba al regazo y me llenaba de sus aborrecibles caricias. Si me levantaba y caminaba, se metía entre mis pies y casi me hacía caer al suelo o, clavando sus largas y afiladas uñas en mi ropa, trepaba hasta mi pecho. En esos momentos, aunque me daban ganas de cargármelo de un golpe, me refrenaba, en parte por el recuerdo de mi crimen, pero sobre todo, déjenme que lo confiese de una vez, por el absoluto *terror* que me daba aquella bestia.

Aquel terror no surgía de un mal físico, aunque no sé muy bien cómo definirlo de otra manera. Casi me avergüenza reconocer, sí, incluso en esta celda de criminal, casi me avergüenza reconocer que el terror y el horror que me inspiraba el animal se habían agudizado por la quimera más disparatada que le quepa a uno en la cabeza. Mi mujer me había hecho notar en más de una ocasión cómo era la franja de pelo blanco que he mencionado antes, y que constituía la única diferencia visible entre aquella extraña bestia y la que yo había matado. El lector recordará que la marca, aunque era grande, originalmente era muy irregular; sin embargo, poco a poco, de manera casi imperceptible, por lo que durante mucho tiempo mi razón se esforzó por tacharlo de pura imaginación, había asumido finalmente una forma clara. Ahora representaba un objeto que me da escalofríos mencionar; por esa razón, por encima de cualquier otra, aborrecía y temía y me habría librado del monstruo si me hubiese atrevido; era una imagen, ya lo digo, una imagen horrenda, abominable... ¡Era una HORCA! ¡Ay, triste y terrible motor del terror y del crimen, de la agonía y la muerte!

Me sentía desgraciado más allá de la desgracia de la mera humanidad. Y una bestia bruta, a cuyo compañero había destruido con desdén.... Una bestia bruta iba a traerme –¡a mí, un hombre, a semejanza del Altísimo!– ¡una insufrible calamidad! ¡Ay de mí! ¡Ya ni de día ni de noche recibí nunca más la bendición del descanso! Durante el día, la criatura no me abandonaba en ningún momento y, por la noche, cada hora, sumido en sueños indeciblemente terroríficos, empecé a encontrarme el cálido aliento de aquella cosa en mi cara, ¡y todo su enorme peso –una pesadilla encarnada que yo era incapaz de quitarme de encima– siempre reposando sobre mi corazón!

Bajo la presión de esa clase de tormentos, el precario vestigio de bondad que había en mí sucumbió. Ya solo albergaba pensamientos malignos; los más oscuros y malignos pensamientos. Mi habitual mal carácter se convirtió en odio hacia todas las cosas y toda la humanidad, mientras que, ante mis repentinos, frecuentes e ingobernables estallidos de furia –a la que me abandonaba ciegamente– mi mujer, pobre de ella, que no se quejaba de nada, era la sufridora más habitual y paciente del mundo.

Un día, haciendo tareas de casa, me acompañó al sótano del viejo edificio en el que nuestra pobreza nos obligaba a vivir. El gato me siguió por las empinadas escaleras y, como casi hizo que me cayera de bruces, me exasperó hasta tal punto que perdí la cabeza. Levanté un hacha y, airado como estaba, me olvidé del terror infantil que hasta ese momento había refrenado mi mano y fui a atizarle un golpe al animal, que, sin duda, le habría causado una muerte instantánea de haber caído como yo había querido. Pero mi esposa me detuvo. Su intervención espoleó una ira todavía más demoníaca; me zafé y hundí el hacha en su cerebro. Cayó muerta de manera fulminante, sin emitir un solo ruido.

Tras aquel terrible asesinato, me dispuse, de manera totalmente deliberada, a emprender la tarea de ocultar su cadáver. Sabía que no podría sacarlo de la casa, ni de día ni de noche, sin correr el riesgo de que me vieran los vecinos. Se me ocurrieron muchas ideas. En cierto momento pensé en descuartizarlo en fragmentos diminutos y luego quemarlos para que desaparecieran. En otro momento, decidí cavar una tumba en el suelo del sótano. Más tarde, ponderé la idea de tirarlo al pozo del jardín; luego, de meterlo en una caja, como si fueran mercancías, con las disposiciones habituales y pedirle a un mensajero que se lo llevara de casa. Finalmente, di con la que me pareció la solución más acertada de todas. Decidí emparedar el cadáver en el sótano, como se dice que hacían los monjes de la Edad Media con sus víctimas.

Para ese fin, el sótano era idóneo. Los muros no eran robustos y hacía poco que los habían enlucido con yeso tosco, si bien la humedad del ambiente había impedido que se endureciera. Además, en uno de los muros había un resalte, que venía de una falsa chimenea que se había enyesado para unificarla con el resto del sótano. Estaba seguro de que podría desplazar los ladrillos, meter el cadáver y dejarlo todo como antes para que no levantara ninguna sospecha.

No iba errado. Gracias a una palanca conseguí desencajar los ladrillos y, tras depositar con cuidado el cuerpo y apoyarlo en la pared interior, lo coloqué en posición, mientras, sin mucho esfuerzo, volvía a tapiar la pared. Tras procurarme mortero, arena y pelo, con todas las precauciones posibles, preparé un revoque indistinguible del antiguo y, con él, levanté la pared nueva con cuidado. Cuando terminé, quedé satisfecho con el resultado. La pared no daba señal alguna de haber sido alterada. Recogí la porquería del suelo con sumo cuidado. Miré en derredor, triunfal, y me dije: «Por lo menos, aquí mi labor no ha sido en vano».

Mi siguiente paso fue buscar a la bestia causante de tanta desgracia, pues, por fin, había tomado la firme decisión de matarla. De habérmela encontrado, estaba claro cuál habría sido su destino, pero parecía que el astuto animal, alarmado ante la violencia que había presenciado, ya no quería aparecer ante mí con mi reciente estado de ánimo. Es imposible describir, o imaginar, la profunda y dichosa sensación de alivio que me deparó la ausencia de la detestada criatura. No se presentó durante la noche y, al menos por una vez desde que llegó a la casa, dormí profunda y tranquilamente; ay, sí, ¡dormí aun cargando el peso del crimen en mi alma!

Pasaron el segundo y tercer días, y mi atormentador seguía sin aparecer. Yo volví a respirar como un hombre libre. ¡El monstruo, aterrorizado, había huido para siempre! ¡Ya no tendría que contemplarlo jamás! ¡No cabía en mí de gozo! La culpa de mi oscuro acto apenas me perturbaba. Se habían hecho ciertas averiguaciones, pero se habían atajado enseguida. Incluso se había emprendido la búsqueda de mi esposa, aunque, por supuesto, nada iban a encontrar. Consideraba que mi felicidad venidera era cosa segura.

Cuatro días después del asesinato, llegó a casa una brigada de policía de manera muy inesperada y empezaron a hacer pesquisas de manera rigurosa. No obstante, seguro de lo inescrutable que era el lugar donde había escondido el cadáver, yo estaba muy tranquilo. Los agentes me pidieron que los acompañara en su búsqueda. No dejaron recovecos ni rincón por explorar. Al final, por cuarta o tercera vez, bajaron al sótano. Yo no temblé ni un ápice. Mi corazón latía tranquilo como el de los que duermen sin cargar con culpas. Recorrí el sótano de una punta a otra. De brazos cruzados, fui arriba y abajo. La policía estaba completamente satisfecha y a punto de irse. Mi regocijo era tal que apenas podía contenerlo. Me moría de ganas de decir aunque fuera una palabra, a modo de triunfo, para asegurarme por partida doble de lo mucho que confiaba en mi inocencia.

«Caballeros», les dije al final, mientras ya subían por las escaleras. «Me alegro de haber disipado sus sospechas. Les deseo salud y un poco más de cortesía. Por cierto, caballeros, esta... esta casa es de construcción sólida». Con el rabioso deseo de decir algo con naturalidad, me puse a hablar sin ton ni son. «Me aventuro incluso a decir que es una casa *excelentemente* bien construida. Estos muros... ¿Ya se marchan, caballeros? Estos muros son bien robustos...».

En ese momento, por el puro frenesí de mi bravuconada, di unos golpes contundentes con el bastón en la parte de la pared tras la cual estaba el cadáver de mi querida esposa.

Pero ¡que Dios me guarde y me libere de las garras del Maléfico! En cuanto la reverberación de mis golpes se apagó, ¡me respondió una voz de ultratumba! Con un llanto primero amortiguado y quebrado, como cuando solloza una criatura, pero que luego creció hasta convertirse en un largo, potente y continuo grito, totalmente anómalo e inhumano, un aullido, un chillido quejumbroso, medio terrorífico, medio triunfal, como algo que podría haber salido del infierno, un coro de voces del gaznate de los condenados, en su agonía, y de los demonios exultantes por su condena.

Es disparatado hablar de mis propios pensamientos. Aturdidísimo, me alejé tambaleándome hacia la pared contraria. Por un instante, los agentes, que estaban en la escalera, se quedaron inmóviles, sumamente aterrorizados y atravesados por el pavor. Enseguida, una decena de fornidos brazos se afanaba en la pared. Se derrumbó. El cadáver, ya muy descompuesto y lleno de sangre, estaba ante los ojos de los espectadores. Sobre su cabeza, con la boca roja y sonriente, y el ígneo ojo solitario, reposaba la terrible bestia cuyas malas artes me habían llevado a cometer un asesinato y cuya voz delatora me había entregado al verdugo. ¡Había emparedado al monstruo en la tumba!

El hundimiento de la casa Usher

Son coeur est un luth suspendu;
Sitôt qu'on le touche il résonne

'Su corazón es un laúd en vilo,
resuena nada más tocarlo'

«Le Réfus», canción de
Pierre-Jean de Béranger

Durante todo un día plomizo, penumbroso y silencioso de otoño, con las nubes bajas, que se cernían opresivamente, estuve atravesando a caballo, sin compañía de nadie, una región campestre particularmente lúgubre y, al fin, con las sombras de la tarde desplegándose, me vi ante la melancólica casa Usher. No sé cómo era antes, pero, con un solo un vistazo a aquella casa, una sensación de insoportable abatimiento se apoderó de mi alma. Y digo insoportable, sí, pues ninguna otra sensación –como ese medio placer poético con el que la mente suele recibir hasta las estampas naturales más crudas de la desolación o los lugares terribles– me solazó. Contemplé la escena que tenía ante los ojos: observé la propia casa y los sencillos hitos del paisaje del terreno; observé las tétricas paredes; observé las ventanas, cuales ojos de mirada ausente; observé unos hierbajos agostados; observé unos cuantos troncos blanquecinos de árboles muertos con el alma tan sumamente deprimida que solo me parece comparable a la de otra sensación terrenal, la del despertar del juerguista tras tomar opio, ese amargo regreso a la vida cotidiana, la horrenda caída del velo. El corazón se me helaba, se me apesadumbraba, se me enfermaba; en mi cabeza, invadida por una aflicción irredenta, los acicates de la imaginación eran incapaces, ni so pena de tortura, de materializar nada parecido a lo sublime. «¿Qué era?», me detuve a pensar, «¿qué era lo que tanto me inquietaba al contemplar la casa Usher?». Era un misterio irresoluble; tanto como mi incapacidad para luchar contra las oscuras imaginaciones que se arremolinaban en mi mente con mis cavilaciones. Me vi en la obligación de contentarme con la insatisfactoria conclusión de que, si bien es cierto que hay combinaciones de objetos naturales de lo más sencillos que nos generan ciertas impresiones, más cierto es aún que desentrañar el influjo que estos ejercen queda fuera de nuestro alcance. Reflexioné que, tal vez, con una simple disposición alternativa de los detalles de la escena, de los elementos de aquel retablo, bastaría para modificar o quizá desactivar su capacidad para dejar tan mal cuerpo. Así, siguiendo mi razonamiento, llevé a mi caballo, rienda en mano, hasta la escarpada orilla de un estanque negro y escabroso que se extendía, con su lustre sereno, junto a aquella morada; miré hacia abajo –aunque con un escalofrío más estremecedor que antes– para observar las imágenes remodeladas e invertidas de los hierbajos grises y los espectrales troncos y las ventanas que parecían ojos de mirada ausente.

No obstante, era justo en aquella mansión de la pesadumbre donde yo me proponía alojarme unas semanas. Su dueño, Roderick Usher, había sido uno de mis amigos del alma de la niñez, pero muchos habían sido los años que habían transcurrido desde nuestro último encuentro. Sin embargo, una carta suya me había encontrado en una parte lejana del país; una carta suya que, en su desaforadamente intempestiva naturaleza, no admitía respuesta que no fuese en persona. El texto daba muestras de agitación nerviosa. Me hablaba de una grave enfermedad física –de un trastorno mental que lo oprimía– y de su imperioso deseo de verme, como su mejor y único amigo, para aliviar un poco sus males gracias a la alegría de mi compañía. La manera en la que me planteó la situación –el «corazón» que le ponía a su ruego– fue lo que disipó toda posible duda; y, por lo tanto, atendí de inmediato lo que me seguía pareciendo un llamamiento de lo más peculiar.

Aunque de muchachos habíamos sido uña y carne, ya no sabía gran cosa de él. Siempre se había mostrado reservado. Yo sabía, no obstante, que su antiquísimo linaje familiar había destacado, desde tiempos inmemoriales, por una singular sensibilidad que, a lo largo de los siglos, se había plasmado en numerosas y exaltadas obras de arte y, en tiempos más recientes, en diversos actos de generosa aunque discreta caridad, así como en la devoción apasionada hacia los vericuetos de la ciencia musical, quizá incluso más que hacia las piezas bellas, ortodoxas y más fácilmente reconocibles. También me había enterado de algo más que singular:

el árbol de la estirpe Usher, por respetada que hubiese sido a lo largo de los tiempos, no había conseguido hacer crecer, en ningún momento, ninguna rama duradera; es decir, que toda la familia dependía de la línea de sucesión directa y siempre había sido así, con variaciones muy insignificantes y temporales. Era esta deficiencia, consideré, mientras le daba vueltas en mi mente a la perfecta conformidad entre el carácter del lugar y el carácter de la familia, y mientras especulaba sobre la posible influencia que el espacio —con el largo devenir de los siglos— podía haber ejercido sobre ellos; era quizá esa deficiencia o problema colateral, con la consiguiente herencia directa, de señor a hijo, del patrimonio y el apellido, lo que, al final, había identificado ambos de tal manera como para fusionar el título original de la propiedad con el evocador y equívoco nombre de «casa Usher»; un nombre que parecía extenderse, en la mente del común, tanto a la familia como a la mansión familiar.

Ya he dicho que el único efecto de mi algo infantil experimento —lo de abismar la mirada en el estanque— había sido aumentar mi primera y singular impresión. No cabe duda de que ser consciente del veloz aumento de mi superstición —¿por qué no llamarla así?— sirvió, fundamentalmente, para acelerarla todavía más. Como sé desde hace mucho, esa es la ley paradójica de las sensaciones arraigadas en el terror. Y puede que fuera esa la única razón por la que, al volver a levantar los ojos hacia la casa, tras haberlos fijado en su reflejo, en mi mente se formase una extraña imaginación —una imaginación, en efecto, tan ridícula que solo la menciono para dejar constancia de la tremenda fuerza de las sensaciones que me oprimían–. Había dejado volar tanto la fantasía que creía que la casa y sus terrenos, así como la vecindad más inmediata, estaban envueltos de una atmósfera peculiar; una atmósfera que nada tenía que ver con el aire de los santos cielos, sino que hedía por los árboles podridos, el muro gris, el estanque silencioso; un vapor pestilente y místico, plomizo, perezoso, apenas discernible, plúmbeo.

Ahuyentando del espíritu lo que *seguro* que era un sueño, escruté más detenidamente el aspecto real de la mansión. Lo más destacable era lo excesivamente antigua que era. Los años la habían descolorido mucho. Diminutos hongos se extendían por todo el exterior y colgaban de los aleros formando elaboradas telarañas. Pero nada de aquello implicaba un deterioro extraordinario. Ni una piedra de sus muros había caído; y parecía que había algo que no encajaba entre el perfecto ensamblaje de las partes y el ruinoso estado de las piedras por separado. Me recordaban mucho a la engañosa integridad de la carpintería vieja, cuando se echa a perder tras años en cierta cripta olvidada, sin que la perturbe el aliento del aire exterior. Más allá de aquella señal de amplia decadencia, no obstante, la estructura parecía sólida. Quizá un ojo más entrenado hubiese descubierto alguna fisura casi imperceptible que zigzaguease por toda la fachada, desde el tejado de la mansión hasta perderse en las oscuras aguas del estanque.

Mientras reparaba en todas aquellas cosas, cabalgué por una corta calzada que conducía a la casa. Un criado, que me esperaba, se llevó mi caballo y yo atravesé el arco gótico de la entrada. Un mayordomo de sigilosos andares me guio en silencio por muchos e intricados pasillos oscuros hasta el gabinete de su señor. Buena parte de lo que me fui encontrando en aquel recorrido contribuyó –y no sé cómo– a realzar esas difusas sensaciones de las que ya he hablado. Mientras los objetos que me rodeaban –las tallas de la carpintería de los techos, los sombríos tapices de las paredes, la negrura de ébano de los suelos y los fantasmagóricos trofeos heráldicos que tintineaban a mi paso– no eran más que elementos a los que me había acostumbrado en la infancia –o similares–, mientras dudaba en reconocer lo familiar que me resultaba todo aquello, seguía asombrándome lo ajenas que eran las imaginaciones que me estaban despertando aquellas estampas de lo más corrientes. En una de las escaleras me crucé con el médico de la familia. En su rostro, pensé, se mezclaba una expresión de resabio y perplejidad. Venía todo inquieto y siguió su camino. El mayordomo abrió una puerta de par en par y me llevó en presencia de su señor.

La estancia era muy amplia y diáfana. Las ventanas, alargadas, estrechas y apuntadas, estaban a tanta distancia del suelo de roble negro que eran inaccesibles. Unos débiles rayos de luz carmesí se colaban por aquellos ventanales de celosía y servían para que los objetos más prominentes fuesen lo bastante distinguibles; el ojo, no obstante, se esforzaba en vano para alcanzar los rincones más remotos del gabinete o los recovecos del techo, abovedado y con grecas. Las cortinas eran oscuras. El mobiliario, en general, era ostentoso, incómodo, antiguo, y estaba maltrecho. Había muchos libros e instrumentos musicales repartidos por la estancia, si bien no conseguían darle vitalidad a la escena. Sentí que respiraba una atmósfera de pesadumbre. Un aire de intensa, profunda e insalvable tristeza flotaba en el ambiente y lo invadía todo.

Usher estaba tumbado cuan largo era en un sofá y, al entrar yo, se levantó y me saludó con una vivaracha calidez que tenía –pensé de primeras– mucho de cordialidad ensayada, del esfuerzo que hace el hombre hastiado del mundo cuando la ocasión lo requiere. Sin embargo, al fijarme en el semblante me convencí de su total sinceridad. Nos sentamos y, durante unos instantes, mientras él guardaba silencio, lo miré con los sentimientos divididos entre la pena y un temor reverencial. Sin duda, ¡ningún hombre había cambiado tantísimo en un período tan breve como Roderick Usher! Me costó hacer coincidir la identidad del hombre que tenía ante mí con la de mi amigo de la infancia, y eso que Usher siempre había tenido unos rasgos muy particulares. Una tez cadavérica; ojos grandes, líquidos y luminosos a más no poder; los labios, algo finos y palidísimos, pero con una curva hermosísima; la nariz, todo un modelo de delicada silueta hebrea, pero con las fosas inusualmente grandes si se compara con ejemplos similares; la barbilla, delicadamente cincelada, que expresaba, en su poca prominencia, una falta de energía moral; el cabello, de una suavidad y finura más cercana a las telarañas; aquellos rasgos, junto con una desmesurada amplitud sobre las sienes, dibujaban un rostro difícil de olvidar. Ahora, con la pura acentuación del carácter predominante de esos rasgos y de la expresión que acostumbraban a transmitir, se apreciaban tantos cambios que dudé con quién estaba hablando. La palidez de su piel, ahora espectral, y el lustre de los ojos, ahora prodigioso, me sobresaltaron e incluso me infundieron un temor reverencial. El sedoso cabello también había crecido de manera desmañada y, en su rebelde textura telarañosa, flotaba más que caía sobre su rostro, por lo que, ni siquiera con esfuerzo, era yo capaz de conectar su expresión arabesca con siquiera un viso de simple y llana humanidad.

En los ademanes de mi amigo me sorprendió de inmediato un algo incoherente, un desajuste; algo que pronto vi que procedía de una serie de débiles y fútiles esfuerzos por sobreponerse a un desasosiego que parecía acompañarlo siempre; un exceso de agitación nerviosa. Sin duda, yo me había hecho a la idea de encontrarme algo de esa naturaleza, no tanto por su carta, sino por las reminiscencias de ciertos rasgos infantiles y por lo que se derivaba de su particular constitución y temperamento. Su modo de proceder alternaba entre la vivacidad y el abatimiento. Su voz pasaba rápidamente de la temblorosa indecisión –cuando los espíritus animales parecían estar del todo ausentes– a una especie de concisión enérgica; esa enunciación abrupta, onerosa, parsimoniosa y que sonaba hueca; esa forma de hablar lastrada, medida, gutural y perfectamente modulada que se observa en el borracho perdido o en el irrecuperable consumidor de opio durante los períodos de más excitación.

Fue entonces cuando me habló del propósito de mi visita, de su ferviente deseo de verme y del solaz que esperaba que le deparase. En cierta medida, abordó lo que consideraba que era la naturaleza de su mal. Me dijo que se trataba de un mal familiar, constitutivo, ante el que estaba desesperado por hallar un remedio; una aflicción puramente nerviosa, añadió de inmediato, que, sin duda, desaparecería pronto. Ese mal se manifestaba a través de una serie de sensaciones antinaturales. Algunas, tal como me las explicó, me removieron y me desconcertaron; aunque, tal vez, los términos y el tono general del relato hicieran de las suyas. Usher sufría, en gran medida, de una agudeza mórbida de los sentidos: solo soportaba la comida más insípida, solo podía ponerse prendas de cierto tacto, los aromas de todas las flores le resultaban opresivos, hasta la más leve luz era una tortura para sus ojos, y solo unos pocos sonidos concretos, los de los instrumentos de cuerda, no le infundían pavor.

Lo vi esclavizado de un tipo de terror anómalo. «Moriré», dijo. «Me acabaré muriendo con esta deplorable locura. Así y no de otro modo será, acabaré perdido. Me aterrorizan los acontecimientos futuros no en sí mismos, sino por sus resultados. Me entran escalofríos de pensar en cualquier incidente, por trivial que sea, que quizá tenga algo que ver en esta intolerable agitación del alma. Huelga decir que no aborrezco el peligro, salvo por su efecto absoluto: el terror. En este estado tan enervado..., tan penoso..., siento que, más pronto que tarde, llegará el momento en el que haya de abandonar la vida y la razón por completo, enzarzado en alguna clase de lucha con el lúgubre espectro, el MIEDO».

Además, a intervalos y por indicios equívocos, dejados caer, supe de otro rasgo singular de su enfermedad mental. Estaba encadenado a ciertas impresiones supersticiosas relacionadas con la morada que poseía, y de la que, durante muchos años, nunca se había aventurado a salir atendiendo a un influjo cuya fuerza fantasiosa me relató de modos demasiado oscuros para volverlos a relatar aquí; un influjo que habían conseguido tener sobre su espíritu ciertas peculiaridades de la simple forma y substancia de su mansión familiar —decía— a fuerza de un largo sufrimiento; un efecto que, con el tiempo, había causado la dimensión *física* de la fachada gris y las torrecillas y el oscuro estanque en el que se reflejaban sobre la moral de su existencia.

Sin embargo, admitió, aunque vacilante, que buena parte de esa peculiar pesadumbre que lo afligía podía achacarse a un origen más natural y mucho más palpable, a la grave y prolongada enfermedad, de hecho, al inminente y evidente fallecimiento de una hermana a la que quería mucho, su única compañía durante largos años, su última y única familia sobre la faz de la tierra. Su final, dijo con una amargura que jamás olvidaré, lo convertiría, a él, el desesperado y frágil, en el último de la antigua estirpe de los Usher. Mientras hablaba, lady Madeline –pues así se llamaba– atravesó lentamente un rincón remoto de la estancia y, sin haber reparado en mi presencia, desapareció. La observé con absoluto asombro, no exento de terror, y sin embargo me resultó imposible explicar mis impresiones. Me oprimió una sensación de estupor al seguirla con la mirada mientras ella se iba retirando. Cuando, al fin, se cerró una puerta tras ella, mis ojos buscaron instintiva y ansiosamente el rostro del hermano, pero había hundido la cara en las manos y solo alcancé a percibir que una palidez más acentuada que la habitual se había extendido por sus esqueléticos dedos, entre los que caía un sinfín de lágrimas acongojadas.

La enfermedad de lady Madeline llevaba tiempo dejando perplejos a sus médicos. Presentaba una apatía persistente, se estaba consumiendo de manera gradual y sufría episodios frecuentes aunque pasajeros de un ánimo parcialmente cataléptico: todo aquello dibujaba un cuadro inusual. Hasta entonces había resistido firmemente ante los embates de su mal y no se había quedado guardando cama, pero, al final de la velada de mi llegada a la casa, sucumbió –como me relató su hermano por la noche, con indecible agitación– a la fuerza postradora del destructor; y supe que el instante fugaz en que la había atisbado era, probablemente, el último, pues no volvería a ver a la dama, al menos mientras viviera.

A lo largo de varios días, ni Usher ni yo mencionamos su nombre, y, durante ese tiempo, no fueron pocos mis serios afanes por aliviar la melancolía de mi amigo. Pintamos y leímos juntos, o escuché –como si estuviera dentro de un sueño– las desaforadas improvisaciones de su elocuente guitarra. Y, así, a medida que una mayor intimidad entre ambos me dejó adentrarme con menos reservas en los recovecos de su espíritu, más amargamente percibí la futilidad de todos los intentos por alegrar un ánimo en el que la oscuridad, como si fuera una cualidad inherentemente positiva, se contagiaba sobre todos los objetos del mundo moral y físico con la incesante irradiación de su pesadumbre.

Guardaré por siempre en mi memoria las muchas y solemnes horas que pasé en soledad junto con el señor de la casa Usher, pero seré incapaz de transmitir una idea del carácter exacto de los estudios u ocupaciones de los que me hizo partícipe o en los que me introdujo. Una idealización alterada y altamente inestable le daba a todo un lustre sulfúreo. Sus largas e improvisadas endechas resonarán por siempre en mis oídos. Entre otras cosas, conservo dolorosamente en el recuerdo cierta perversión y amplificación singular del desaforado aire del último vals de Von Weber. De las pinturas que su intricada imaginación pergeñaba y que, pincelada a pincelada, se convertían en una estampa borrosa ante la que yo sentía escalofríos de lo más estremecedores, precisamente porque sentía escalofríos sin saber por qué; de esas pinturas –vívidas como se me presentan ahora sus imágenes– en vano podría intentar iluminar nada más que una simple porción que habría de caer en los límites de las simples palabras. Por su pura simplicidad y la desnudez de sus diseños, capturaban y sobrecogían la atención. Si acaso algún mortal fue capaz de pintar una idea, ese mortal fue Roderick Usher. Por lo menos a mis ojos, dadas las circunstancias que me rodeaban, aquello surgía de las puras abstracciones que el hipocondríaco convocaba y arrojaba sobre el lienzo; de una intensidad que infundía un temor reverencial intolerable. Ni sombra de lo que había sentido al contemplar las resplandecientes –si bien demasiado concretas– ensoñaciones de Fuseli.

Una de las fantasmagóricas creaciones de mi amigo, que no caía tan rígidamente en el espíritu de la abstracción, puede sombrearse con palabras, aunque sea a duras penas. Era una pequeña imagen presentada en el interior de una cripta o túnel inmensamente largo, de techo bajo, paredes suaves, blancas y sin interrupción o adorno alguno. Ciertos elementos accesorios de la obra servían para transmitir la idea de que ese espacio subterráneo se encontraba a una gran profundidad. En su vasta extensión, no se observaba salida alguna en ninguna parte; no se discernía ninguna antorcha ni otras fuentes de luz artificial; no obstante, un mar de intensos rayos de luz la atravesaban y bañaban el conjunto en un esplendor terroríficamente espectral e inapropiado.

Antes he mencionado el estado mórbido del nervio auditivo de Usher, que le hacía intolerable toda clase de música; toda, salvo ciertas melodías de los instrumentos de cuerda. Tal vez eran los estrechos límites a los que se confinaba con la guitarra los que, en buena medida, dieron lugar al carácter fantasioso de sus interpretaciones. Pero la ferviente maestría de sus *impromptus* no tenía explicación. Debían de ser, tanto la notas como las letras de sus desaforadas *fantasías* –pues a menudo acompañaba la música con rimas improvisadas–, el resultado de ese intenso recogimiento y concentración mental a los que que previamente ya he aludido como algo que era solo observable en ciertos momentos de exaltada y artificial excitación. Recuerdo bien la letra de una de aquellas rapsodias. Quizá me impresionó con más fuerza cuando la declamó, porque, bajo la mística corriente de su significado, imaginé que percibía, por primera vez, que Usher era plenamente consciente de que su razón, ya lejos de la tierra, tambaleaba en su trono. Los versos, que llevaban por título «El palacio encantado», decían algo así:

I

En el valle más lozano,
por los ángeles poblado,
un palacio, regio antaño,
un radiante palacio, que alzaba la cabeza al firmamento.
En los dominios del monarca Pensamiento...,
¡ahí estaba!
Jamás un serafín extendió un ala
sobre paño más bello.

II

Estandartes amarillos, refulgentes, radiantes,
en su tejado flotaban y fluían
(todo, todo esto fue antes,
en otros días);
y toda brisilla que galanteaba
en aquella hermosa mañana
contra las emplumadas y pálidas murallas
trasladaba un aroma lleno de alas.

III

Los que deambulaban por los felices valles
vieron por dos luminosas ventanas
unos espíritus moviéndose, musicales,
al son del laúd de cuerda bien afinada
alrededor de un trono donde se sentaba
(¡porfirogéneta!)
con la merecida gloria que emanaba,
del reino su cabeza.

IV

Y con perlas y rubíes estaba brillando
la puerta del hermoso señorío,
por la que entraron flotando, flotando, flotando
y con un resplandor infinito
una cohorte de Ecos cuya dulce tarea
era traer una canción al palacio
con voces de una belleza excelsa
sobre el ingenio y sabiduría de su rey soberano.

V

Pero criaturas malvadas, de tristeza vestidas,
asaltaron los elevados dominios del soberano.
(Ay, ¡dejadnos llorarlo, pues en la vida
verá otro día el desdichado!).
Y en su reino, aquella gloria
que flotaba y florecía
apenas es ya un recuerdo de otrora,
de viejos tiempos que acabaron en desdicha.

VI

Y ahora, quienes atraviesan ese valle
atisban por los rojos ventanales
formas que se mueven, fantasmales,
al son de una melodía discordante;
mientras, cual un raudo y espectral torrente,
por la pálida entrada
sale en tromba un sinfín horrible de gente
que ríe... pero ya no sonríe nada.

Recuerdo que las evocaciones de la balada nos lle-
varon a una secuencia de pensamientos en los que se
hizo manifiesta una opinión de Usher que menciono
aquí no tanto por su novedad –pues es algo que ya han
pensado otros hombres–, sino por el carácter pertinaz
con el que la defendía. En líneas generales, afirmaba
el carácter sintiente de todos los seres vegetales. Pero,
en su perturbada fantasía, la idea había adoptado una
forma mucho más audaz y había cruzado, bajo ciertas condiciones, al reino de lo inorgánico. Me faltan

palabras para expresar toda la dimensión o el *férreo* abandono de su convicción. Su creencia, no obstante, estaba conectada –como he señalado anteriormente– con las piedras grises del hogar de sus ancestros. Usher imaginaba que el método de colocación de la mampostería había dotado a estas piedras de carácter sintiente: se veía en su disposición, así como en los múltiples hongos que las cubrían y en los árboles podridos que había ante ellas; sobre todo, en la prolongada e imperturbable resistencia de la estructura y en el reflejo que se proyectaba en las calmas aguas del estanque. La evidencia –la evidencia de su carácter sintiente-- se manifestaba, decía Usher, y aquí sigo como él lo verbalizó, en la gradual pero clara condensación de una atmósfera propia en las aguas y la fachada. El resultado era discernible, añadió, en el silencioso pero insistente influjo que, durante siglos, había moldeado el destino de su familia y había convertido a Roderick Usher en lo que yo veía ahora, en lo que era. Tales opiniones no merecen comentario, así que no lo haré.

Nuestros libros, los libros que, durante años, habían formado una gran parte de la existencia mental del inválido, eran, como cabe suponer, de lo más acorde a ese espíritu fantasmagórico. Leímos con detenimiento obras como *Ververt et Chartreuse*, de Gresset; el *Belfegor*, de Maquiavelo; *Del cielo y del infierno*, de Swedenborg; *Los viajes subterráneos de Niels Klim*, de Holberg; la *Quiromancia*, de Robert Fludd; obras de Johannes de Indagine y De la Chambre; *Viaje azul adentro,* de Tieck, y *Ciudad del Sol*, de Campanella. Uno de nuestros favoritos era una pequeña edición de bolsillo del *Directorium inquisitorium*, del dominico Eymeric de Gironne, y había pasajes de Pomponio Mela sobre los antiguos sátiros y egipanes[6] africanos, sobre los que Usher soñaba en voz alta durante horas. Su mayor deleite era, no obstante, la lectura de un libro gótico extremadamente raro y curioso, en rústica, el manual de una iglesia olvidada, *Vigiliae mortuorum secundum chorum ecclesiae maguntinae*.

Me resultó inevitable pensar en el disparatado ritual de aquella obra y en el probable influjo que ejercía sobre el hipocondríaco, cuando, una velada, tras haberme informado de manera abrupta de que lady Madeline ya no estaba entre nosotros, anunció su propósito de conservar su cadáver dos semanas –antes del sepelio definitivo– en una de las numerosas criptas que había bajo la mansión. Sin embargo, no me vi con cuerpo para disputarle la razón mundana que me dio para explicar tan singular procedimiento. El hermano había llegado a esa decisión –según me dijo– teniendo en cuenta el inusual carácter del mal de la fallecida, ciertas invasivas y afanadas peticiones por parte de sus médicos y lo remoto y expuesto que se encontraba el

---

6. N. de la T.: En la mitología griega, Egipán era una criatura afín o identificada con el dios Pan (etimológicamente, «cabra-Pan»). Escritores más tardíos, como Plinio el Viejo en su *Historia natural*, utilizan el término ya como nombre común para referirse a hombres salvajes con aspecto de sátiros o faunos que residían en la zona del norte de África.

panteón de la familia. No negaré que, al recordar el sombrío rostro de la persona que vi en la escalera el día de mi llegada a la casa, desaparecieron mis deseos de oponerme a lo que a mí me parecía, en el mejor de los casos, una precaución inofensiva, si bien antinatural.

A petición de Usher, lo ayudé personalmente con los preparativos para aquel sepelio temporal. Llevamos el cuerpo a su lugar de reposo ya metido en el ataúd. La cripta en la que lo colocamos –que llevaba tanto tiempo cerrada que las antorchas casi se ahogaron por la asfixiante atmósfera del lugar y no nos dieron mucho margen para investigar– era pequeña, húmeda y sin ninguna fuente de luz; yacía a grandes profundidades inmediatamente por debajo de la zona de la mansión en la que estaban mis aposentos. Aparentemente, en remotos tiempos feudales, se había usado para los peores propósitos que cabe imaginar, de mazmorra y, en épocas posteriores, había sido un depósito de pólvora u otras sustancias altamente inflamables, ya que una parte del suelo y el interior de toda una larga arcada por la que accedimos a ella estaban cuidadosamente revestidos de cobre. La puerta, de hierro macizo, también se había protegido de manera similar. Su inmenso peso provocaba un sonido inusualmente agudo y chirriante al abrirse y cerrarse.

Tras depositar nuestra luctuosa carga sobre unos caballetes en aquel rincón del horror, apartamos un poco la tapa del ataúd, que todavía estaba suelta, y observamos el rostro de su ocupante. Una pasmosa similitud entre hermano y hermana captó mi atención;

Usher, tal vez adivinando mis pensamientos, murmuró unas palabras con las que me enteré de que la finada y él habían sido gemelos, y que entre ambos siempre habían existido afinidades de una naturaleza apenas inteligible. Nuestros ojos, no obstante, no se posaron largo tiempo sobre la fallecida, pues era imposible mirarla y permanecer imperturbable. La enfermedad que había sepultado a la dama en el otoño de su juventud había dejado, como es costumbre en todos los males de carácter estrictamente cataléptico, la burla de un leve rubor en el pecho y la cara, y una sonrisa que se rezagaba sospechosamente en sus labios, tan terrible en la muerte. Volvimos a poner en el sitio la tapa y la atornillamos, y, tras cerrar la puerta de hierro, regresamos, no sin esfuerzo, a las dependencias de la parte superior de la casa, no menos tenebrosas.

Entonces, tras el transcurso de varios días de amargo duelo, se produjo un cambio observable en los síntomas del trastorno mental de mi amigo. Su actitud habitual había desaparecido. Sus ocupaciones usuales habían quedado olvidadas. Vagaba de estancia en estancia a pasos desiguales, apresurados y desnortados. La palidez de su semblante, si acaso era posible, había adoptado un tono todavía más espectral, aunque la luminosidad de sus ojos había desaparecido por completo. Su tono de voz, a veces ronco, se había esfumado, y ahora lo caracterizaba un balbuceo trémulo, como de terror extremo. Había momentos, ciertamente, en los que pensé que su mente, siempre agitada, no paraba de darle vueltas a un secreto que lo oprimía, y que Usher se esforzaba por reunir el valor necesario para revelarlo. De nuevo, había momentos en los que me veía obligado a achacarlo todo a los inexplicables devaneos de la locura, pues lo veía contemplar el vacío durante largas horas, con suma atención, como si escuchara un sonido imaginario. No es de extrañar que su estado me aterrorizara..., me infectara. Sentía que se iba apoderando de mí, de manera gradual pero clara, el irracional influjo de sus supersticiones, fantasiosas aunque impresionantes.

Fue especialmente al retirarme tarde a la cama la noche del séptimo u octavo día después de haber dejado a lady Madeline en la mazmorra cuando experimenté el poder de esos sentimientos con toda su fuerza. El sueño no se acercaba a mi lecho mientras las horas iban esfumándose una tras otra. No conseguía entender el porqué del nerviosismo que se había apoderado de mí. Intenté creer que buena parte, si no todo, se debía a la desconcertante influencia del lúgubre mobiliario de la estancia, a los cortinajes oscuros y andrajosos, que, obligados a moverse por la tortura de una creciente tormenta, ondeaban espasmódicos, alejándose y acercándose a las paredes, y emitían un inquietante frufrú al rozar los ornamentos de la cama. Sin embargo, mis esfuerzos fueron en vano. Un temblor irreprimible fue extendiéndose gradualmente por mi cuerpo y, al final, se alojó en mi corazón un demonio de alarma absolutamente injustificada. Me lo sacudí ahogando un grito y haciendo aspavientos, me incorporé y, clavando los ojos en la intensa oscuridad de la habitación, presté atención —no sé por qué, salvo que un ánimo instintivo me empujó a ello— a ciertos sonidos débiles e indefinidos que me llegaban, entre los recesos de la tormenta, a largos intervalos, no sé de dónde. Abrumado por una profunda sensación de terror, inexplicable e insoportable, me vestí a toda prisa —pues sentía que ya no iba a conciliar el sueño— y, yendo arriba y abajo por mis aposentos, intenté recuperarme del lamentable estado en el que había caído.

Ya había dado unas vueltas así cuando unos pasos ligeros en una escalera cercana captaron mi atención. Enseguida me di cuenta de que eran los de Usher. Al cabo de un instante, llamó a mi puerta con suavidad y entró con un candil. Estaba, como de costumbre, demacrado cual cadáver, pero, además, había una especie de hilaridad enajenada en sus ojos, una *histeria*, sin duda, reprimida en todos sus ademanes. Su apariencia me horrorizó, pero cualquier cosa era preferible a la soledad que llevaba tanto rato soportando, así que hasta me alegré de verlo; su presencia era un alivio.

«¿Y no has visto nada?», preguntó de manera abrupta tras haber estado mirando en derredor unos instantes en silencio. «¿No has visto esa cosa? Vaya, pues espera, que la verás». Tras decirme eso y haber resguardado con cuidado la llama del candil, fue corriendo a una de las ventanas y la abrió de par en par a la tormenta.

La impetuosa furia de la ventolera casi hizo que saliéramos volando. Sin duda, era una noche procelosa, pero de intensa belleza y desaforadamente singular en su terror y su hermosura. En la vecindad, aparentemente se había formado un torbellino que había tomado fuerza, pues había alteraciones frecuentes y violentas en la dirección del viento, y la enorme densidad de las nubes –tan bajas que asfixiaban los torreones de la casa– no evitaba que percibiéramos la vívida velocidad con la que estas corrían en todas las direcciones, sin esfumarse en la distancia. Digo que ni siquiera la enorme densidad de las nubes evitó que percibiéramos aquello, si bien no atisbamos ni la luna ni las estrellas, ni se veía el destello de los rayos, pero bajo la superficie de las gigantescas masas de vapor agitado, además de bajo todos los objetos terrestres más inmediatos, brillaba una luz antinatural, como una exhalación ligeramente luminosa, una bruma apenas distinguible que se rezagaba sobre la mansión y la amortajaba.

«¡No! ¡No debes contemplar algo así!», le dije a Usher, temblando, mientras lo alejaba de la ventana con suave violencia y le hacía tomar asiento. «Esas apariciones que te desconciertan no son más que fenómenos eléctricos corrientes, o puede que tengan su horrendo origen en el fétido miasma del estanque. Vamos a cerrar la ventana. Entra mucho frío, es peligroso para tu salud. Aquí tenemos uno de tus romances favoritos. Yo leo y tú me escuchas, y así pasaremos juntos esta terrible noche».

El antiguo volumen que había elegido era *Mad Trist*, de sir Launcelot Canning, y yo había dicho que era uno de los favoritos de Usher más en desazonada broma que en serio, pues, en realidad, poco hay en su burda y poco imaginativa prolijidad que pudiese ser de interés para el elevado y espiritual ideario de mi amigo. No obstante, era el único libro que tenía a mano y me dejé reconfortar por la vaga esperanza de que la excitación que había alterado al hipocondríaco pudiera aplacarse —pues la historia de los trastornos mentales está llena de anomalías similares— con los extremos del disparate que iba a leerle. De haber podido juzgar por el desaforado y esforzadísimo aire de vivacidad con el que prestaba atención, o al menos lo aparentaba, a las palabras del relato, bien podría haberme congratulado por el éxito de mi plan.

Había llegado a esa célebre parte de la historia en la que Ethelred, el héroe del Trist, tras haber intentado pacíficamente y en vano que el ermitaño le deje entrar en su morada, tiene a bien entrar a la fuerza. Ahí, tal como se recordará, la historia dice así:

«Y Ethelred, que era de natural valiente y que ahora, además, se sentía vigorizado por la fuerza del vino que acababa de beber, dejó de parlamentar con el ermitaño, quien, en realidad, era de carácter obstinado y malicioso, y, sintiendo la lluvia caer sobre sus hombros y temiendo que arreciara la tormenta, levantó la maza y, a golpes, enseguida hizo hueco en la madera de la puerta para que cupiese su mano, enguanteletada, y desde ahí, tirando con fuerza, la partió, la arrancó y la destrozó de tal manera que el sonido seco y hueco de la madera alarmó y reverberó por todo el bosque».

Al terminar la frase, iba a seguir, pero, por un instante, hice una pausa, pues me pareció que de algún rincón remoto de la mansión me llegaba un sonido confuso que, por su total similitud, bien podría haber sido el eco –si bien amortiguado y sordo– del sonido que sir Launcelot había descrito de manera tan particular. Sin duda alguna, había sido esa coincidencia lo que había captado mi atención, pues entre el traqueteo de las guillotinas de las ventanas y el batiburrillo de sonidos habituales de la creciente tormenta, el sonido en sí mismo no tenía nada que debiera haberme interesado o perturbado. Proseguí con la historia:

«Pero el buen campeón Etherled, al entrar por la puerta, enfureció, asombrado al no ver al malicioso ermitaño, sino, en su lugar, a un dragón escamado y de porte prodigioso, de fiera lengua, sentado en guardia ante un palacio de oro, con suelos de plata, y en cuyo muro colgaba un escudo de reluciente latón donde se leía esta leyenda:

QUIEN HASTA AQUÍ LLEGUE, UN CONQUISTADOR SERÁ CONSIDERADO;
QUIEN DÉ MUERTE AL DRAGÓN, EL ESCUDO SE HABRÁ GANADO.

»Y Etherlred levantó la maza y le asestó un golpe al dragón en la cabeza, que cayó ante él y exhaló su último y fétido aliento, acompañado de un chirrido tan horrendo y fuerte, tan penetrante que el caballero se vio obligado a taparse los oídos ante aquel terrible sonido. Nada parecido se había oído jamás».

Ahí, de nuevo, hice una pausa abrupta sintiendo un desaforado asombro, pues no cabía duda de que esta vez había oído –aunque me resultaba imposible discernir de dónde provenía– un grito débil y aparentemente distante, pero intenso, largo, de lo más inusual; era un grito o un chirrido, la contraparte exacta de lo que mi imaginación había conjurado para el alarido antinatural del dragón, según se describía en el romance.

Abrumado, sin duda, ante esta segunda y de lo más extraordinaria coincidencia, y por una miríada de sensaciones contradictorias en las que predominaban el terror extremo y la perplejidad, aún conseguí mantener la cabeza fría para no alterar los sensibles nervios de mi compañero haciendo algún comentario. No estaba para nada seguro de que Usher hubiese reparado en esos sonidos, aunque, sin duda, una extraña alteración se había apoderado de su conducta en los últimos minutos. Pasó de estar sentado frente a mí a estar sentado de cara a la puerta de mis aposentos. Había ido girando poco a poco la silla; de ese modo, yo solo le veía los rasgos de manera parcial, aunque vi que le temblaban los labios como si estuviera murmurando algo inaudible. Cayó la cabeza sobre su pecho, pero yo sabía que no estaba dormido, por la gran y rígida apertura del ojo cuando lo atisbé de perfil. El movimiento de su cuerpo tampoco señalaba que estuviese dormido, pues se mecía de un lado a otro con un suave pero constante y uniforme balanceo. Al darme cuenta, enseguida retomé el relato de sir Launcelot, que proseguía así:

«Y ahora, el campeón, tras haber escapado a la terrible furia del dragón, acordándose del escudo y de la ruptura del encantamiento que lo protegía, apartó el cadáver y se acercó valerosamente por el suelo de plata del castillo hacia donde colgaba el escudo, que, en realidad, no esperó a que llegara el caballero hasta allí, sino que cayó a sus pies con un vigoroso y terrible estruendo metálico».

En cuanto pronuncié esas sílabas como si, en efecto, un escudo de latón hubiese caído a plomo sobre un suelo de plata, percibí una reverberación clara, hueca, metálica, clamorosa, pero aparentemente amortiguada. Completamente enervado, me puse en pie, pero el medido balanceo de Usher siguió imperturbable. Me acerqué corriendo a su silla. Tenía los ojos clavados al frente y en todo su semblante reinaba una pétrea rigidez. Pero, al colocar la mano en su hombro, le recorrió un poderoso escalofrío, le tembló una sonrisa enfermiza en los labios y vi que hablaba con un murmullo apresurado y confuso, como si no fuera consciente de mi presencia. Al inclinarme, por fin absorbí la terrible trascendencia de sus palabras:

«¿Lo oyes?... Sí, lo oigo, *ya* lo he oído. Tanto... tanto... tanto... tiempo, muchos minutos, muchas horas, muchos días llevo oyéndolo, pero no me atrevía, no, ¡ay, compadécete de este pobre desgraciado!... No me atrevía... ¡No me atrevía a *hablar*! *¡La hemos metido viva en el ataúd!* ¿Acaso no te dije que ahora mis sentidos eran más sensibles? Pues te digo que he oído sus primeros y débiles movimientos en el hueco ataúd. Los he oído... Desde hace muchos muchos días... Y no me atrevía a... *¡No me atrevía a hablar!* Y ahora.... Esta noche... Ethelred... ¡Ja, ja!... ¡El destrozo de la puerta del ermitaño y el grito del estertor del dragón, el estruendo metálico del escudo! Mejor dicho... ¡la ruptura de su ataúd, los chirridos de los goznes de hierro de su prisión y sus esfuerzos bajo la arcada cubierta de cobre en la cripta! ¡Ay! ¿Adónde he de volar? ¿Acaso no estará aquí de inmediato? ¿Acaso no estará viniendo a reprenderme por mis prisas? ¿Acaso no he oído sus pasos en la escalera? ¿Acaso no distingo el pesado y terrible latido de su corazón? ¡Insensato!». En ese momento se puso en pie furiosamente y gritó cada sílaba, como si se estuviera esforzando por dejarse el alma: «*¡Insensato! ¡Te digo que está al otro lado de la puerta!*».

Como si la sobrehumana energía de su expresión tuviese la fuerza de un hechizo, los enormes y antiguos batientes que señalaba abrieron, al instante, poco a poco, sus pesadas mandíbulas de ébano. Fue cosa de una ventolera, pero entonces, al otro lado de las puertas, ahí estaba la excelsa y amortajada figura de lady Madeline Usher. Había sangre en sus blancas ropas y señales de cierto amargo forcejeo en cada parte de su macilento cuerpo. Por un momento, se quedó allí temblando, tambaleándose en el umbral, y entonces, con un grito débil y lastimoso, cayó a plomo sobre su hermano, y, en sus violentos y ahora sí definitivos estertores, lo hizo caer al suelo, ya convertido en cadáver, víctima de los terrores que había anticipado.

De aquella estancia, de aquella mansión, hui despavorido. La tormenta seguía azotando con toda su furia cuando recorrí la antigua calzada. De repente, en el propio camino se proyectó una luz potente y me volví para ver de dónde provenía un resplandor tan inusual, pues la enorme mansión y sus sombras eran lo único que había tras de mí. Aquella luz provenía de la luna llena, color rojo sangre, que se estaba poniendo y brillaba intensamente a través de aquella fisura que me había parecido apenas discernible y de la que antes he hablado, la que se extendía desde el techo del edificio, zigzagueando hasta el suelo. Mientras la contemplaba, la fisura se ensanchó rápidamente y llegó entonces un feroz aliento del torbellino, y el orbe de la luna me saltó a la vista, y mi cabeza daba vueltas y vueltas mientras veía aquella regia fachada separarse a toda velocidad; y hubo un sonido largo y tumultuoso parecido a un grito, como la voz de mil aguas, y el hondo y hediondo estanque que había a mis pies se cerró siniestra y silenciosamente, y engulló los fragmentos de la CASA USHER.

ÍNDICE